少年检阅官

〔日〕北山猛邦　著

青青　译

新 星 出 版 社　NEW STAR PRESS

千本樱文库

前言
PREFACE

　　文库，原本是指收纳书物的仓库和书库，也指收纳书与记事簿，以及不常用物品的小箱子。以前者为例，京滨急行线的"金泽文库站"就是以前镰仓时代北条氏用来收藏汉书的，"金泽文库"的由来便是如此。东京都的世田谷区也有一家收集了珍贵汉书的"静嘉堂文库"，它更多地被称为"手文库"。

　　江户时代以来，可以放入袖袂的小开本书籍逐渐流行起来，被称为"袖珍本"。明治三十六年（1903年），富山房发行了小开本的丛书，起名"袖珍名著文库"。随后，明治四十四年（1911年），讲述战国时代的猿飞佐助和雾隐才藏系列故事的讲谈社"立川文库"发行出版。讲谈是日本民间艺术，以口语化的方式讲述历史故事的形式。而"立川文库"则是将讲谈收录成册集中出版的丛书，据统计当时刊行量为200册左右。从那时起，文库就脱离了原本的意思，逐渐演变成了现在的类书集丛。

　　文库的说法借鉴了日本出版业界的传统界定。而千本樱源自日本奈良县吉野山樱花盛开的奇景，世人皆用"一目千本樱"来形容樱花美景。"千本樱文库"的纳入作品皆为日系作品，题材包括推理、悬疑、幻想、青春、文化等类型，正如千本樱满山盛开的绝景。

现代日本，以"文库"命名刊行的丛书系列有 200 种以上，所谓"文库本"只不过是统称而已。日本传统的"文库本"常用的是 A6 尺寸的 148mm×105mm，也叫"A6 判"。"千本樱文库"的所有书籍将在"文库本"的基础上提升，达到 210mm×148mm 的开本标准。追求还原的前提下，力图带给读者更清晰的阅读体验。

从上世纪 70 年代以来，日系推理小说逐步进入中国读者的视野。随着时代更替，涌现出一大批不同风格的作家。日系推理能够长久不衰的原因之一在于设立的各种新人奖，这些新人奖能为日本文坛输送新鲜血液，不断地创作优秀作品。其中，以自由度著称的梅菲斯特奖独树一帜。梅菲斯特奖是讲谈社旗下的公募新人奖，其特色在于不限题材，不设字数限制，能够充分发挥作者的想象力和创作力。因此，获奖作品都具有鲜明个性。同时，如森博嗣、京极夏彦、辻村深月等人气作家也都出道于梅菲斯特奖。梅菲斯特作家系列的引进出版，会给读者带来更多的经典佳作。

说到现代擅长机械诡计的推理作家，北山猛邦绝对是其中一员。以"城系列"出道以来，北山猛邦不断挑战全新的机械诡计，被誉为"物理的北山"。而与那些机械诡计相匹配的，则是世纪末与末日的异常世界设定。相较本格而言，有人称他的风格为"脱格"。千本樱文库会陆续推介更多的脱格作家。

千本樱文库编辑部

作 家
WRITERS

梅菲斯特奖作家系列

——北山猛邦
——西尾维新
——井上真伪
——天祢凉
——殊能将之
——木元哉多

鲇川哲也奖作家系列

——相泽沙呼
——城平京
——芦边拓
——柄刀一

其他作家系列

——乙一
——三津田信三
——仓知淳
——深木章子
——横关大
——野崎惑

少年检阅官

目 录
CONTENTS

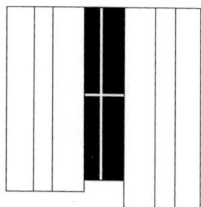

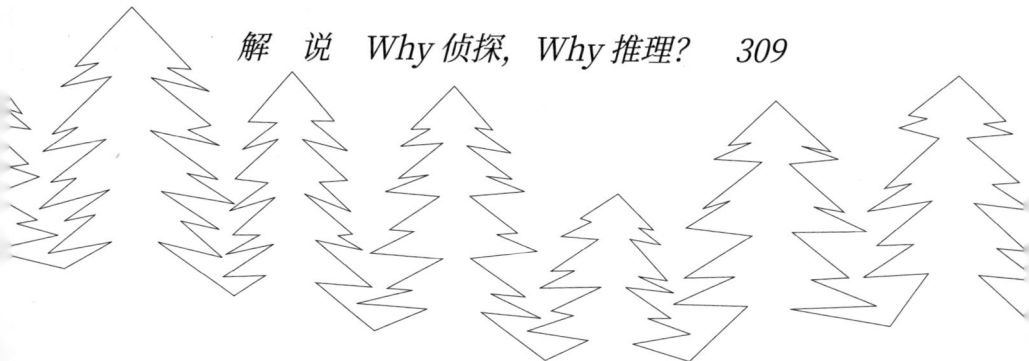

序奏 庭园幻想

她望着窗户的方向。窗户被窗帘遮得严严实实，丝毫窥不见外面的景象。但她却隔着窗户，感受到了外面无声飘落的细雨。在完全密闭的房间内，唯有灰沉沉的阴暗与空气中特有的湿气，能让她感受到雨的存在。但即便周围与昏暗融为一体，覆盖她眼睛的纱布依然白得鲜明。

　　她双目失明。

　　她的视力已经不可能恢复，两个眼球被利刃划过，留下了严重的创伤。左眼的伤口深至玻璃体底部。被镇上的人发现时，她双眼带着重伤，倒在森林附近。虽然手脚也布满擦伤，但相比眼睛的伤势，根本不值一提。

　　被送往医院后，她只接受了最基本的治疗。虽然院方认定她的双眼视力恢复无望，但好在没有生命危险，很快便出院了。后续在家进行疗养即可。

　　钏枝每天都会前往她家照顾她的生活起居。她和钏枝虽算不上至交，但从小就认识。对于无亲无故的她来说，钏枝是唯一的依靠。除钏枝外，再无他人关心她的伤势。

　　一坐到她身旁，便能闻到一股药味。钏枝帮她把绷带剪成适宜长度，将适量的纱布与消炎药放在边桌上，只要准备好这些，剩下的她可以自己完成。

她面向钏枝，刘海凌乱地散落在眼睛的绷带处。钏枝轻轻地帮她撩起头发，将堆在她膝盖处的棉被拉到腰部位置。

"谢谢。"喉咙里发出的声音格外沙哑。

她究竟遭遇了什么？

向来不关心他人事宜的镇民们，罕见地议论起她的遭遇。仔细倾听后会发现，所有流言都将其归咎于一个恶因，那就是——靠近森林会招来不幸。

这是镇民们心知肚明的事情。

小镇四周环绕着茂密的森林。原本这座小镇是居民们为了逃离受到洪水和海啸侵蚀的海岸线，来到山上逐渐开垦而成的。或许是地势封闭的缘故，居民们过着极度闭塞的生活。他们基本不与其他城镇来往，在幽深的森林中过着与世隔绝的生活。

这里有许多关于森林的禁忌。毕竟森林辽阔而巨大，一旦在森林里迷路，就会再也回不来了。所以，在镇民们看来，她闯入森林，失去双眼，是理所当然的报应，起码要比回不来好得多。但谁也不愿意深究，她究竟受到了何种物体的攻击。医院与民间自警队认为，她是被尖锐的树枝划伤的。钏枝起初也十分赞同这种说法——直到听到她本人的叙述。

"我在森林深处遇到了这世上最恐怖的东西。"

她战战兢兢地撩起垂到脸颊上的发丝。

钏枝抱着手臂，在脑中想象这世上最恐怖的东西。他对孩提时期遭遇的海啸有阴影，所以，他至今仍然怕水。窗户玻璃上滑落的雨水；拍打在远方海岸线上的海浪；不知来自何处的水龙头用水。只要想象自己被大量的水吞噬，内心就会感到无比恐惧。但这只是他个人理解的恐怖，应该不同于她所描述的。

"我没办法想象呢。"

"也是啊。"她露出恶魔般的笑容，"那确实是你无法想象的东西。"

尽管身体的伤口逐渐痊愈，但心灵的创伤似乎仍严重影响着她的精神。但她并没有惊慌失措，她的心如同经过打磨的刀锋，冷冽而澄澈。

她自小便散发着一种神秘的气息。成熟的举止、好奇心旺盛的性格以及古怪的恶作剧行为，使她承受着其他孩子的异样眼光。等孩子们长大，了解了世间的人情世故后，更是变本加厉地将她视为异端。因为她不畏惧那可怕的森林。当时，钏枝并不在意她是否为异端，但某次还是好奇地向她问起"为什么不害怕森林？"得到的答案很简单。"因为森林很美。"但钏枝无法理解这句话的含义。美丽这种情愫早就不知何时已从他的内心消失。

她身上有很多令人难以理解的东西。无论是性格、感情、言行，或是独一无二的气息。在钏枝看来，自从她双目失明，他们完全成了不同世界的人。受伤造成的打击固然很大，但失去视力使她进一步趋于"完美"。明明近在眼前，却像是远在天边。在静谧的空间里专心聆听雨声的她，宛如空气或光线，亦或是某种无法触及的缥缈之物。

她究竟在森林里遭遇了什么？

她亲口给出了答案。

"在一个美丽的月夜，我走进了森林。"

"为什么要去森林？"

"这是我的日常。"

她喜欢夜里在镇上四处游荡，以为这样就能查探到这个世界的秘密。当时，她的眼睛完好无损。

"等回过神来，才发现自己已经来到了森林深处。森林深处的树木要比入口处更葱郁。借助着从树枝缝隙间洒下的月光，我在追逐一个人的身影。我已经不记得是一开始就追着他，还是半路发现他并开始追踪的。总之，是他引诱我进入了森林深处。"

"他？"

"你应该知道吧？就是住在禁忌森林里的那个人。"

"你指的是'侦探'？"

传说森林里住着一个守林人。他就是整个小镇居民的背后统治者——"侦探"。

没人知道"侦探"是个怎样的人。也没人知道他住在那里的理由、他的习性以及真实面目。大多镇民只知道他住在森林深处。居民之所以不能涉足森林，也因为那是"侦探"的领地。

从某种意义来说，"侦探"就是令人恐惧的对象。"侦探"时刻监视着小镇，并给镇民下达审判。至于审判的理由，只有"侦探"知道。镇民只清楚一点，那就是审判的最终处罚，必定是死亡。所以谁也不敢接近森林。

"我真是不明白，你为什么要故意闯入'侦探'的森林？"钏枝平静地说，"但你跟踪的那个人影，真的是'侦探'吗？"

"除我之外，也只有'侦探'能在森林里自由走动吧。"

"你怎么知道是他？说不定是个女人呢？"

"只是直觉，没有什么特别的理由。"

"好吧，起码能确定'侦探'不是怪物之类的。"

虽然嘴上这么说，但钏枝还是心怀疑虑。

真的是"侦探"吗？

说到底，"侦探"到底是什么？

钏枝模糊地在脑海中将"侦探"描绘成一个黑暗的人影。

她继续说道：

"他似乎没有注意到我，于是我悄悄地跟在他身后。那个名叫'侦探'的人物并没有察觉到我。所以，所谓的'侦探'也不过如此。"

只有无知的孩童与她敢如此若无其事地亵渎"侦探"。但钏枝并不打算劝阻，因为她一贯如此。

"跟着跟着，我就跟丢了。毕竟以我的步伐根本追不上他。没有办法，我只好独自在森林里游走。我也不清楚自己在往哪个方向走，身上也没有带指南针之类的有用工具。即便带了，也辨不清方位。于是，我只好凭着感觉往前走。"

"你迷路了？"

"没有。没走多久，我就发现了一间小屋。屋子非常小，孤零零地立在森林里。"

她轻轻碰了碰脸上的纱布。钏枝抓住她的手放回膝盖上，以免她把玩纱布。她露出略微不满的表情，但没说什么。

"那间屋子真的非常小，没有窗户，屋顶也很矮，大概比你的个子稍微高一点，如果我没有记错你身高的话。"她扭头看向钏枝，双眼空洞无神，"我以为那栋小屋就是'侦探'的家，于是躲到树荫里，暗中窥视小屋的动静。我也不清楚自己在夜晚的森林里守了多久，只是一动不动地蹲着。但最后什么也没发生。于是我推开了小屋的门。"

"你推开了门？"

钏枝以难以置信的语气问道。但她没有回答，而是继续讲述："屋子里空荡荡的，没有任何家具、餐具以及与生活有关的东西。里面没有灯，四周一片漆黑。如果不打开门让月光照进来，基本什么都看不见。屋子里没有一样带有神秘感的物体。唯独地上，躺着某样东西。"

"什么东西？"

"无头尸体。"

——什么！

钏枝惊愕得发不出声来，只能在心里大叫。他并不是没听到她的话，而是无法理解她话语间的含义。

尸体？

意思是，森林的小屋里横着一具死人的躯体？

而且那尸体还没有头？

原来如此。若将句子拆分成单词，并不难理解。

但这究竟是怎么回事？

钏枝从小到大只见过两次尸体。一次是祖父的尸体，他死于肺病。虽然他死得并不安详，但起码尸体是完好无损的。第二次是海啸时冲到岸边的无名尸体，尸体满是泥沙，五官难以辨认，四肢朝怪异的方向弯曲，看起来十分凄惨。为避免让幸存者感到绝望，这类尸体通常都会被视为忌讳之物，草草地被拖去埋掉。钏枝见到的是碰巧未被发现的尸体。

死亡是件极其恐怖的事情。所以，尸体都会被埋到偏僻的地方。在这座小镇里，死亡本身就带着些许灰色的基调。

正因如此，钏枝对她所看到的景象感到有些难以置信。

"那尸体好像是个男人。我走进小屋，碰了碰那具尸体，全身硬邦邦的，据说那叫死后僵直。你听说过吗？"

"听说过。"

"真的很硬哦。"她露出天真无邪的笑容，"原来尸体真的会变得浑身僵硬呢。不过我没有再进一步确认，所以并不清楚死者身份。我继续在屋里四处查看，看有没有其他东西。但除了尸体外，空无一物。连尸体身上的头颅都不知道去了哪里。"

女孩的叙述不带丝毫犹豫。直到这一刻，钏枝才真正感受到，女孩在双目失明前看到的光景，是何等的恐怖。她所看到的最恐怖的东西——就是那具无头尸吗？钏枝怔怔地盯着她的嘴角。她在微笑。是的，恐怖。这才是真正的恐怖。那是他遗忘许久的感觉。令钏枝感到恐惧的是她在叙述那段经历时，嘴角扬起的笑容。先前一直被忽略的雨声，突然在耳边清晰地响起。

那尸体没有头，头不只被砍断，还消失不见。钏枝完全无法想象那种光景。

"那……流了很多血吗？"

"没有，一点血迹也没有。"

"为什么？头被砍掉肯定会流血吧？"

"肯定是在别处被杀的吧。"她不假思索地回答了钏枝的问题，"然后，我走出小屋，再次躲进树荫里，监视小屋的动静，这次我应该躲得比刚才要远一些。"

"你要监视什么？"

"'侦探'啊！因为我觉得'侦探'有可能会现身。不对，我十分确定，我知道'侦探'一定会现身。"

"为什么要对'侦探'如此执着。只要在小镇里安分守己地过活，'侦探'并不会为难你。如果你这样纠缠不休，反倒会给他留下不好的印象吧。"

"你怎么也变得跟那群满嘴大道理的大人一样了。"她以充满遗憾的语气说道，"我只是想弄清'侦探'的真实身份而已。"

"好奇心害死猫"。钏枝很想如此告诫她，但一切已经太迟。他默默地摇摇头，接着耸了耸肩。反正她也看不见。

"好吧，后来'侦探'现身了吗？"

"现身了。但在那之前，发生了一件不可思议的事。"

"不可思议的事？"

"我走出小屋，关上门，头也不回地离开了那里。一步、两步、三步……正当我向前迈着步子，背后突然传来一阵沙沙声，像是刮擦地面的声音，接着是树木摇晃的声音。我猛地转头，发现刚才查探过的那间小屋不见踪影，彻底消失了。"

"小屋消失了？"

"嗯，一点痕迹也没有。我离开小屋才不过几分钟，应该没有走远，不至于迷路看不到那间小屋。它应该就在我身后不远处，可就这样消失了。"

"会不会是被树木挡住了，所以看不到？或者是天色太暗，看不清楚。"

"不可能。"她果断地加以否认，"距离还没有远到看不清。相反，我明明就站在附近，可它却凭空消失了。"

"不是吧……"

"真的消失了，但那具无头尸却还留在原地。"

"尸体还在！"

"它和我在小屋里看到时一样，躺在地上。也就是说，消失的只有小屋。"

身后的小屋凭空消失，而屋内的尸体却还留在原地。钏枝感到一阵昏眩。她说的是真的吗？她失明前真的目睹了这样怪异的现象？说不定，她当时已经失明，所描述的这些都只是幻觉？无头的尸体，消失的小屋。对于习惯了平稳度日的钏枝而言，这些只能被归类为梦境或幻觉。

这些怪异现象，就是她口中的最恐怖的东西吗？

但是，她的话还没有说完。

"然后，'侦探'从尸体旁的阴影中现身了。"

"出现了？"

"嗯，他浑身被黑暗笼罩，身上裹着黑色披风，脸上戴着黑色面具。"

那就是"侦探"——

"不是怪物呢……"

太意外了。本想着就算"侦探"以怪物的模样现身，也没什么可奇怪的。那未必就是他的真实面貌。怪物般的人——还是人形怪物？那一身漆黑装扮的人物，真的就是"侦探"？但这些只是她的一面之词，根本没有任何证据证明他就是"侦探"。不过，镇民偶尔目击到的"侦探"模样，与她的证词大部分一致。

"'侦探'朝我走来，我无法动弹。不，不是无法动弹，我是在等待'侦探'靠近。这可是个看清楚'侦探'真实面貌的好机会。

我想近距离好好观察他。但结果并未如愿。某样物体在月光下闪过一道光芒，下一瞬间，我的脸像是被火烧过般，一阵灼热。那是自双眼伤口流出的鲜血的温度。后来，我就什么也看不见了。终究未能看清想看的东西，我飞奔而出。我不记得当时跑向了哪个方向，只记得迈出腿的瞬间，把'侦探'撞倒了。因此，我才能摆脱他的魔爪，在森林里逃窜。"

她的双眼毁于"侦探"之手。

神秘小屋里的无头尸，突然消失的小屋，"侦探"的出现，以及双目失明。想到她遭遇的这些超乎寻常的不幸，钏枝的心便一阵抽痛——这种痛，久久地挥之不去。或许是因为事情太过诡异，刺激了他沉睡已久的感情。

"虽然躲过了'侦探'的追击，但那时候你的眼睛就已经……"

"没错，当时我已经看不清了。所以，我跌跌撞撞地在森林里四处逃命。但真正可怕的还在后头。与那个相比，先前看到的一切，甚至包括'侦探'在内，都算不上什么。"

难道还有比这更恐怖的东西？

钏枝实在没有办法想象。

"你到底遇到了什么？"

"森林的尽头。"

"你走出森林了？"

"不是，我走到了终点，这个世界的尽头。我发现了象征终点的标志物体，森林里的墙——"

"什么意思？"

"双目失明后，我疯也似的逃窜，跑着跑着，我突然触摸到一堵墙。我的指尖触碰到了一堵本不该出现在森林里的墙。不同于普通的墙壁，它摸起来有点软，触感十分奇妙。我不清楚自己的具体位置，可明明在森林里，我却有种处在狭小屋内的感觉。我的大脑一片混乱。"

"你只是摸到了废弃的外墙吧。还是说，你又走回刚才那栋消失的小屋了？"

"不可能，我现在还记得很清楚。"她用左手握住自己的右手指尖，"毫无疑问，我所碰触到的就是室内的墙。我的眼睛看不见，只能靠触觉感知。但那明显是室内才有的墙。"

"室内墙壁的触感的确不同于外墙……可是，为什么森林里会有室内的墙呢？"

"所以，我悟出一件事情。"她突然压低声音说道，"包括'侦探'的森林在内，整个小镇其实在一个巨大的房间里。我碰触的那堵墙的后面，才是真正的'室外'，而'侦探'就是这个迷你庭园世界的管理员。"这样说着，她脸上露出仿佛发现了世界真相的美丽笑容。

"庭园世界？"

"嘘，小心被人听到。说不定有人在偷听。"

看到她天真地将食指竖在嘴边，钏枝顿时觉得她疯了。双目失明的事实已经让她精神崩溃，所以她才会臆想出这些怪异的事情。

"你没注意到这个世界的虚假吗？你觉得收音机里播放的新闻有几成是真的？我们要如何相信那些从看不见、摸不着的地方传出来的信息？说到底，收音机的电波是从何处传送出来，又是谁在放送，这些你都知道吗？"

"广播放送是政府在管理。"钏枝将在广播教育中学到的内容如实地背诵了出来，"政府会删减有害信息，公平传播安全信息……"

"不用再说了。"她叹了一口气，"我明白了，你对这个世界没有一丝疑虑。"

"疑虑"二字在钏枝心底荡起了涟漪。小时候，他也对自己生活的环境充满了疑问。例如躲避接连袭来的海啸与洪水的日子，仿佛没有情感的大人们，无人出入的小镇，只播放安全信息的广播。但随着年龄的增长，他逐渐对这些失去了兴趣。广播告诉他，这一切根本不值一提。

经历过战后的混乱期，人们开始借助收音机来完成基础教育。经过严格审查的广播，是国民赖以生存的信息源。对他们而言，收音机是生活必需品。几乎所有镇民都会随身携带一个小型收音机，那是这个小型社会与外界存在联系的唯一依据。

小时候，钏枝也曾对单方面的信息发布感到疑惑，也觉得审查信息的做法令人难以理解。但最后他还是习惯了。只要把耳机塞进耳朵，一天二十四小时、全年三百六十五天地收听广播，什么事都会变得习以为常。

万一里面掺杂了虚假信息呢？

抱有这种想法只会让人身心俱疲，因为一旦开始怀疑，就没有尽头。如果审查者放送的都是对自己有利的信息呢？如果删除的部分才是真实的呢？到底什么是真实？什么是谎言？越想越分不清现实与非现实的界线。说到底，这世界的历史不也是建立在大量的删除手段上的？不能再想下去，老实接受这些经过处理的信息就行了。等神经变得迟钝，心也就跟着麻木了。

　　但她的描述着实很恐怖。广播里从来没有提到过无头尸，也没说过消失的小屋和"侦探"。这就是现实的恐怖之处。明明真实存在，却又如此不可思议。

　　最超乎想象的，要属她在森林深处触碰到的墙。

　　这座小镇真的是一个迷你庭园世界吗？若是如此，那天空的尽头在何处？月亮是从何处升起的？收音机教过我们这些吗？确实教过，所有人都在小学自然课上学过。但万一收音机传播的信息是假的呢？万一它把重要信息都删除了呢？

　　真相究竟在哪里？

　　钏枝无论如何也无法相信，小镇被一堵高墙围绕的说法。因为他在沿海的城镇长大，为了躲避海啸才来到这座小镇，那是很早之前，还没认识她时发生的事情。钏枝是外来移民之一，他出生的小镇现在已沉至海底。为躲避不断上升的海岸线，逃到这座山间小镇生活的人，这个时代不在少数。

　　所以钏枝知道，这座小镇并没有被墙包围，也不是庭园状的墙中世界。

那她在森林尽头触碰到的墙究竟是什么？或许是她在逃离"侦探"时，不知不觉走进了一间废墟，碰触到残留的墙壁，这是最简单的解释。也有可能是森林里只剩内墙的废墟。

反正一切都是臆想。

她简直是疯了。

但到底哪部分才是非现实呢？

"你错了，我们没有被围墙困住。"钏枝无力地嘀咕道。

"错的是你们。"女孩突然压低声音说道，"看来你还不明白我所遇到的真正可怕的东西是什么。好，那我就告诉你这个世界的秘密。"

雨声停了。

或许雨早就停了，也有可能从一开始就没有下雨。到底哪个才是正确的呢？

"在森林尽头触碰到墙的时候，我就明白了一切。存在于墙壁另一侧的——是虚无。"

"虚无？你的意思是墙的另一侧什么也没有吗？"

"不可能。"钏枝极力否定。自己可是从外地移居过来的，现在却说外界不存在？世界终结于庭园内侧？

"我们失去了过去和未来，但还残留着希望。因为，我触碰到了墙。"

她露出了微笑。

那抹笑容让钏枝隐约预感到了她的死亡。

自那后不久，她便消失了。

那天，钏枝一如既往地趁工作休息空档去到她家。钏枝和她以前在同一个工厂工作，他们制作的是大机器内部的小零件。机器零件又圆又小，仿佛呼口气就能吹飞。但钏枝并不清楚这些零件要用到什么机器上，当然也没必要知道。

钏枝习惯趁午休时间来到她的住处。那天，从前夜开始就一直是阴郁的雨天。到她家时，门没有上锁。

钏枝推开门，呼喊了她的名字，但没有回应。屋子里飘散着一股独特的绷带味，钏枝道了声"打扰了"，继而走了进去。

这间屋子相比简陋，用空荡荡来形容似乎更为贴切，但里面完全不见主人的身影。床上残留着方才有人躺过的气息，但已经没有一丝余温。钏枝打电话给工厂询问她是否来过，但得到的答案是没有。钏枝拉开窗帘，望着外面湿漉漉的景象，找不到任何疑似她留下的痕迹。

钏枝决定待在她的房间里等待。天黑了，雨越下越大。钏枝这才明白，她不会再回来了。他在这间沉闷的房间里唯一留有主人气息的床上坐下，眺望着一片死寂的空间。房间的空气十分清新，他深吸了一口，闻到了死亡的味道。

失去后，才初次感受到了对她痛彻心扉的爱。这份感情已经遗忘了许久，为什么连这么重要的东西都会忘记呢？回想起来，儿时拥有的种种情感，似乎都消失不见了。钏枝下意识地抓紧手边的床单，他有种想把手边的一切撕个粉碎的冲动。但他并没有这么做，因为他早就过了任性妄为的年纪，而且最主要的是，这个房间没有任何可以破坏的东西。她离开得太过井然有序，太过美丽。这令他感到哀伤。

钏枝直接躺下，将脸贴在床上，在脑中播放关于她的回忆。他试着搜寻她的体温和味道，但始终没有收获。因为他早就忘记了这一切，脑海里只存留那独特的绷带气味和药味。

她从小就是个特立独行的人，她的言行举止在镇里的孩子们看来，时常显得怪异。但只有她接受了他这个移民之子。虽然她根本不知道他是外来移民，但两人的关系自然而然地变得亲密起来。

明明从小到大从未分开过，可现在她究竟去了哪里？

他下意识地开始想象。是森林吗？莫非她去了森林深处，再次确认那所谓的世界尽头？钏枝想象着她描述过的墙。比如，把它想成中世纪广受信任的地心说，星星绕着盘子地面周围运行。盘子地面上有悬崖峭壁，如同地狱般的尽头。海水从悬崖处源源不断地涌出。或许她所说的尽头，就是类似这种光景。那堵屹立的墙就相当于悬崖峭壁。她说在森林里看到了这东西。

她认为"侦探"是庭园世界的管理员。根据她所描述的理论，侦探偶尔会走出森林，制裁镇民是为了控制人口密度。庭园世界有限定的居民人数，一旦超过这个界限，就会适当抹杀几个。

根据她的说法，彻底管制信息媒介是为了不让里面的居民察觉到这点。而播放电视、广播，是为了让镇民们彻底相信消失的外界依然正常存在。镇民全方位地依赖着广播。虽然电视有画面，比收音机更具真实性，但所有新闻画面都给人一种造作的感觉。钏枝本以为那是受了审查的影响。但如果真如她所说的那样，那这些都是刻意制造的。

本质究竟在哪？

眼睛所看到的东西逐渐变成不确切的幻象。连自己所知道的、所见到的、所触碰到的，以及语言的意义都——

不能再想下去了。

钏枝换个姿势仰躺在她的床上，凝视起她曾经注视的屋顶。她究竟幻想过哪些画面呢？庭园世界的说法让人有些难以置信。他完全可以反驳那没有根据的臆想，然后一笑带过。

首先，钏枝是外地人。他毕竟来自外镇，自然知晓外面的事情。他知道世界不可能只剩下这个小镇。但按照她的说法，这些不过是被动灌输的认知。

庭园世界一定只是她的臆想——

不过，虽是臆想，但她的想象力着实超群。在这与想象和创造无缘的生活中，她果然是个特别的人。虽然也有人质疑过"侦探"的存在以及这座封闭的小镇，但唯独她能发表这番推测。

钏枝回想起她的种种。她在的时候，自己未曾想过这些。如今才察觉到，她长长的头发、不服输的眼神、脑膜中带着些许恶作剧的语气、孱弱的身体，都无一不吸引着他。他喜欢她的一切。只是发现得太晚。双目失明、脸上缠着绷带的你，因为在森林尽头完成了你的臆想，才使你更接近完美。

一个晚上过去，没有人觉察到她的失踪。虽然她的朋友本就不多，不过镇上的人基本很少干涉他人的事情。

必须要找到她。

她一定就在森林里。

钏枝决定去森林一趟。

虽然寻找她的下落是第一目标，但他也想亲眼确认她在森林里遇到的东西。消失的小屋、无头尸、"侦探"以及森林尽头的墙。尤其是她失明后遇到的那堵墙，只要亲自去看看，谜题不就能轻易解开吗？

进入森林之前，他将事情的来龙去脉告诉了在自警队工作的朋友。他完全没有把钏枝说的话放在心上，唯独很担心进森林这件事。但他并没有阻止钏枝，也没有给任何具体的忠告。钏枝提到无头尸的时候，朋友只露出一个"那又怎样"的表情。

下着小雨的早晨，钏枝披上连帽雨衣，单手拿着手电筒进入了森林。此时，钏枝隐约意识到，自己可能再也回不去了。仿佛布满浓雾的暗影立即在四周蔓延开来。

细细划落的雨声是森林的低语——现在回头还来得及，只要乖乖回到为你设定好的日常就行——

钏枝将手电筒的光照向前方，仿佛这样就能拂开黑暗。

钏枝先在能看得到森林出口的结实树干上绑了塑料胶带。接着将胶带卷放进背包里，让它自动抽拉。如果在森林里迷路，就可以沿着胶带返回。

要在广袤的森林里寻找一个人，无疑是大海捞针。不过，就算今天找不到，下次再来就行。如果下次也找不到，那就下下次。或许应该尽快找到她，趁双目失明、四处徘徊的她还活着的时候，把她救出来。但钏枝对她的存活基本不抱期待。

在钏枝看来，她可能是有意去森林寻死。明明双目失明，还故意闯入森林。除了寻死，钏枝想不到其他目的。

进入森林后，几乎感受不到小雨，覆盖天空的枝叶遮挡了降落的雨滴。但潮湿的空气沉淀在下方，如同云雾般缭绕着。

"侦探"就住在这座森林的某处吧？现在他已经察觉到有人入侵了他的领地吧？钏枝紧绷着神经，小心地查探四周。根据她的说法，"只要遇到'侦探'，他就会把你的头砍下来。"所以必须要万分警惕。只要在小镇里安分守己地过活，"侦探"并不会为难你——他想起自己说过的话。是啊，既然自己擅闯森林，即便被砍头，也只能认命。

可话说回来，"侦探"究竟是何方神圣？越想越觉得这个人物充满了神秘感。

森林的绿意渐浓，越往深处走树木越是葱郁。钏枝想起了她说过的话。

继续向前走。雾气越来越浓，四周变得昏沉沉的。感觉很快就能见到她了。可防水胶带已经用尽，再往前走意味着他将被困在森林里。钏枝踌躇了片刻后，决定回到镇里去。

他开始收回胶带。

扯动胶带的手感有些怪异。虽然给人感觉依然绑得很结实，但总觉得哪里不太对劲。指尖开始失去血色，呼吸变得急促。他慌忙顺着胶带跑了起来。

顺着胶带前进一段路后，终于看到了终点的大树。胶带依然绑在树干上。

钏枝倒吸了一口凉气。

不是这里。

这不是森林的出口。

他环顾了一周，怎么也找不到回小镇的路。明明进森林时，刻意选了一棵能一眼看到出口的树。

有人挪动了胶带的位置。

绝对有人中途悄悄地切断胶带，再将末端随意绑在另一棵树上。

谁会做这种事？

是"侦探"吗？

钏枝试着寻找被切断的那部分胶带，如果找到的话，就能走出森林。

没有。

在哪里？！

在焦虑感的驱使下，钏枝盯着脚下慌乱地奔跑，等回过神，已经不知道自己身处何处。

他停下脚步，深吸了口气，以整理自己紊乱的呼吸。

不会有事的。没什么好担心的。

钏枝从背包里拿出指南针，他知道出口的方向。虽然可能会绕点远路，但只要跟着指南针走，就一定能走出森林。

指南针看起来没有什么异常，他朝着来时的反方向笔直往前走，但不论怎么走，都看不到出口。周围重复着相同的景色，乳白色的雾、昏暗的天空、葱郁的树林……如果这个世界全是虚构的，那雾便能打造最佳的舞台效果，它能让在森林里迷路的人永远回不到真实世界。不能焦躁！不管森林是虚假的还是真实的，只要能找到她就行了。

脚边的路开始缓缓往下倾斜，钏枝期待能看到森林的尽头。

然而，走下斜坡后，映入眼帘的是一个巨大的湖泊。暗黑的湖面与纯白的浓雾融为一体，在眼前蔓延开来。湖的对岸是陡峭的山崖，崖上依然是葱郁的森林。

钏枝茫然地望着没有丝毫波纹的湖面，指南针明明没有坏，它应该带自己走回正确的方向。然而，为什么眼前会突然出现这片来时不曾看见的湖泊？

是"侦探"干的好事？

如果把来时的路线视为垂直线，那对方就是通过将胶带末端平移，使折返的路线彻底发生改变。出发时也担心过这个可能性，但怎么也没想过眼前会出现一片湖。而且她的描述中也没出现过这片湖。

只好绕湖而行了，钏枝开始沿着湖岸行走。如果停下休息，天很快就会暗下来。地面满是泥泞，还夹杂着卵石，行走十分困难。头顶没有了树枝的遮蔽，淅沥的小雨笼罩着他，将他浑身淋得湿透。

不一会儿，雾中出现一个模糊的人影。

那个人影似乎倒在湖岸上。

会是她吗？

钏枝全力奔跑。

那人的模样很诡异。

虽然外观呈人形，但姿势十分奇怪，完全不像一个正常的人。

淡蓝色裙装，确实是她的衣服。但裙子已经褪色，满是脏污，破烂不堪。裙装里的东西再怎么看都像是切碎的肉块。

钏枝花了很长时间才看出来，那是被解体的碎块组合成的人形尸体。但他全身的神经、感官和意识都拒绝接受。不可能。这怎么可能是人，更不可能是她。

一只手腕被丢弃在水边，手腕以下的部位不见了，手肘到肩膀的部分也消失不见。手腕上有道熟悉的擦伤，滚落在一旁的，应该是脚吧。膝盖上也有新旧交杂的伤痕。其他部位沾着污泥和血，完全辨不出原来的形状。支离破碎。解体得近乎彻底。

尸体流出的血水将岸边湖水染得殷红，呈现出黑白世界里唯一一抹刺眼的红色。

躯体部分排列在裙装下，窥不见细节。换言之，是将脱下来的衣服覆盖在尸体上的状态。钏枝没有勇气掀开来确认，他还无法相信眼前的事实。超过承受极限的恐惧冻结了他的神经。

为什么她要遭受如此残忍的对待。

钏枝无力地瘫跪在地上。

她在哪里？

眼前支离破碎的尸体是她。

她的头去了哪里？

哪也找不到。

难道在森林里遇到的尸体一定都是无头尸吗？

突然，他发现了地上掉落的白色物体。

是绷带。

他捡起来仔细打量了一番，绷带的长度与他帮她剪下的几乎一致。

没错。这就是她。

钏枝涌起一股尖叫的冲动。在那瞬间，他已经叫出来了。尖叫声惊吓到湖畔的鸟儿，鸟群振翅飞去，湖面的雾仿佛发生了扭曲般。整个森林都在摇晃。

下一瞬间，钏枝觉得视野一片空白，完全不清楚发生了什么。那是一阵冲击。不知何时，眼前只剩地面。剧烈的疼痛，麻痹，后脑的灼热，以及脚步声。

他使出浑身力气扭过头，看到一团黑影。那是森林阴影的延伸。那个黑影手上握着一根棒状物体。

是"侦探"！

下一秒，"侦探"挥下手中的棒状物体。

钏枝连忙用双臂护头，手腕发出令人毛骨悚然的断裂声。虽然手腕下端传来弹开的感觉，但手指还能动。

钏枝站了起来。他拼命地驱动双腿逃跑，手上还紧紧握着她的绷带。

"侦探"立即追上。

摇晃的视野，踉跄的脚步，钏枝像是在探索空中般，伸出双手在前方挥舞。这是混沌的意识跟不上本能逃跑的身体的证明。

钏枝拼了命地逃跑。

森林毫无秩序可言。关于小镇秩序井然的印象破灭。

这是一处狂乱的巢穴。

钏枝在森林里。

背后的脚步声越来越近。

还没来得及回头，钏枝已在森林深处，发现了它。

墙。

森林尽头的墙。

雾的后方屹立着一堵墙。

她说的是真的。

原来如此，这个世界果然是虚构的。连自己的记忆都是别人一手捏造的。模糊的意识中，钏枝凝视着森林尽头的墙。墙的另一边是什么？是漆黑的虚无？还是她等待的天堂？可惜，已经没办法知晓墙壁另一侧的光景了，好不甘心！但他终于知道，女孩为什么失去双眼后，还要执意回到森林。他不能白白送死。

下个瞬间，头部遭受一记重击。

啊，结束了。

他看了看墙壁，发现上面画了一个熟悉的印记。那是小镇居民再熟悉不过的红色印记。

但还没来得及思考它的意义，他就已失去意识。

又得到一具新的尸体。站在一旁的"侦探"快速做起准备，以将其做成无头尸。

第一章　迷失小镇的印记

残留着夏日余温的海浪退去的瞬间，没入海底的小镇的面貌清晰地浮现出来。长有银鳍的鱼群从锈迹斑斑的天桥下游过，如同一条连接着通往深海大道的霓虹灯。

　　我在海底悠然地潜泳。我喜欢海，也喜欢游泳和潜水，但最喜欢的是沉入海底的小镇，那里有一种美丽的寂寥感。沉入冒着泡的海底的昏暗中，游过空无一人的街角时，突然有种与某物擦肩而过的感觉。明明是从未见过的街道，却莫名地令人感到熟悉。漆黑的窗口仿佛在呼唤着我，沉没的小镇像是埋藏着世界的秘密。为了不至于错过，我继续闭气潜行。

　　钻出海面换气时，发现海风带着些许寒意。这是晚秋特有的风。于是我停止海中探险，回到了陆地上。由于我穿着衣服潜泳，湿透的衣服令人更觉寒冷。

　　走上铺有柏油的海岸，我朝着放有鞋和背包的位置走去。

　　无人大厦的背阴处停着一辆黑色轿车。那是一辆矮圆的小型高级车，车身傲然地散发着格调高雅的耀眼黑光，与这个荒废小镇极不搭调，给人一种强烈的突兀感。

　　我看向车子后座，一个有着漆黑眼眸的少年正神色冷漠地看着我。也有可能是透过我凝视后侧的大海。但是，与我视线相撞后，他立马别开目光，动了动嘴唇，对司机说了什么。不一会儿，他乘坐的轿车便离开了原地。

经过我身旁时，他再次瞟了我一眼。大大的丹凤眼微微垂下，以淡然的神色斜视着我，消失在灰色的废墟后。

那头美丽的黑发令人印象深刻。

他是何时来到这里，何时开始看海的呢？莫非我潜泳的过程全被他看在眼里？

我脱下水手领上衣，将水拧干，从背包里拿出备用服——也是英式水手服——换上，短裤维持原样，背起背包朝镇里走去。

不久后，我再次见到了那个少年。

通往小镇的林荫道旁，有栋大屋冒着滚滚浓烟，仿佛在召唤正要前往镇上的我。于是，我不禁停下脚步，往失火的位置跑去。越接近屋子越能感受到扑面而来的热浪。飞出的火花如同微生物般在空中飞舞着，等力气耗尽后落至地面。四周的树木不时发出不祥的嘈杂声。

尽管这栋屋子位置偏僻，仍有不少人前来远远地观望这场大火。所有人都面无表情地张大嘴巴，眺望着愈渐猛烈的火势。从他们的对话以及夹杂着油味的火焰不难猜出，这场火是焚书造成的。

任何人都不得拥有书籍类物品。

焚书指烧毁被禁的书籍。如果政府人员发现有人私藏书籍，会连同藏匿点一起将其烧为灰烬。家中不得存放任何书籍，这是稍早时代所定下的规矩，而我们就生在由这种规则构筑起的时代，我甚至不知道书为何物。

我也跟着看起了热闹，尽管热浪烫得脸颊发红，我仍然走到屋外的铁栅栏处。那是一栋西式建筑，前面有个小庭园和大车库。我抓住栅栏，透过缝隙极力往里窥探，试图见见书本的真面目。虽然已经大致被烧为灰烬，但我还是定睛搜寻是否存在残骸。穿着灰色防火服的人群聚集到屋子周围，以机械般的动作依次进入屋内。

大门附近停了一辆黑色轿车，和海边看到的那辆一模一样。车上似乎没人，是这家人的车子吗？还是……

在好奇心的驱使下，我抓紧栏杆，极力挺直背脊，透过窗户窥探起屋里的状况。

先前遇到的那位黑发少年就在里面。

他穿着比绿更深，比黑更暗，颜色好似暗夜森林的紧身外套，修长的身躯倚在窗边。无论是发型，还是淡漠的态度，都活像个日本人偶。他丝毫没有逃离那里的打算，而是神色镇定地望着在屋里来回走动的防火服男。火势还未蔓延到他周围，但他头顶的二楼已经开始冒着火苗，指不定什么时候就会崩塌，将他压在底下。我怀着紧张和不安的心情，注视着他的一举一动。

他似乎感受到我的视线，突然看向我这边。

这次轮到我别开视线。

我迅速离开原地，没敢再回头，因为我怕再与他四目相对。一方面有点难为情，但最主要的还是，少年大大的眼眸中，潜藏着一股不可思议的静谧，澄澈得如同一面明镜，仿佛能映照出不为人知的事物。

少年在焚书现场做什么呢?

我暗自思索着，再次踏上了通往镇里的旅程。

不一会儿，天色已暗，我决定在路旁的废屋里暂住一晚。

立方体状的混凝土废屋被足足有一人高的杂草掩盖。从破烂的玻璃窗和没有门的玄关可以看出，这栋房子早已没有了主人。整栋屋子都是混凝土结构，连屋顶都是由一层薄薄的混凝土砌成。屋顶腐蚀的位置已经塌陷，露出一个大洞。月亮躲在薄薄的云层后，透过洞口，洒下一条光柱，照亮了满是尘埃的空气。

我以横倒的衣柜为床，在上面躺下，但迟迟没有睡意。我仍旧被笼罩在焚书的热浪中，翻身的时候差点滚到地上。我就这样躺在衣柜上，透过天花板的大洞，看着天色一点点变亮。

还没等天完全亮起来，我便走出废屋，继续往前赶路。

西方的天空仍然残留着点点星光，但很快便被不知从何处飘来的雨云遮盖，窥不见丝毫星辉。此时下起雨来，我连忙加快了脚步。

起伏平缓的林荫道无限延伸着。这是一条悠长的直道，道路年久失修，杂草的绿意已经掩盖了道路的白线。兴许是地面滑动的缘故，柏油地面变得坑坑洼洼。我费了好大功夫才跳过这些坑洞。

过了一会儿，小镇终于进入了视野。远处的小镇，废屋与民宅混杂着。若没有灯光，恐怕整个小镇就如同一片废墟。那里有很多类似我昨晚留宿的混凝土建筑，被雨水浸湿后，变成了铁灰色。这里宛如一个由灰暗的正方体胡乱堆砌而成的世界。

踏上由红砖铺成的道路，我的脚步声仿佛消失在了混凝土的缝隙间。这是一座无比寂静的小镇，路上完全没有行人，也听不见车辆来往的声音。灰色的住宅区没有一丝生命的气息，让我想起了海底的小镇。

空地上有汽油桶燃起的火堆，可能刚刚还有人在此逗留，但现在周围看不到一个人影，仿佛镇上的人突然凭空消失，就剩我一个人留在此地。不过民宅都亮着灯，应该都还在吧。所有人都屏息凝神地躲在家里，所以小镇才会一片死寂。不知是弄错时间，还是因为天色太暗，狭长的人行道上，路灯在雨中孤独地亮着。

也许时间还太早了点，但我开始寻找旅店。再磨蹭下去，肯定会浑身湿透。

在小镇转悠期间，我发现几个奇妙的光景。

每当我望向民宅的窗户，都能看到有人影攒动，但下一秒就消失不见。他们像是约定好般，一看到我就立马拉拢窗帘，像是要掩盖什么不可告人的秘密。拉窗帘的声音如同用小刀划破某物。

很显然，我遭到了排斥。

在这个遍布小规模封闭社群的时代，这种排斥异乡人的地域并不罕见。只是，这个小镇有些异样。

我逐渐提高警惕，小心翼翼地查探周围的情况。但从现场来看，我才是被观察的那个。透过窗帘缝隙窥视的眼，从二楼窗口俯视的眼，在暗处偷偷观察的眼，从远处凝望的眼……暴露在众多的视线中，我顿时感到一阵恶寒。

蓦地，我在一栋民宅前停下脚步。

这是一栋砌有混凝土外墙的木造平房。茶色屋顶搭配土色外墙，看起来并没有什么特别。在林立着新兴水泥立方建筑的街道上，偶尔能看到几栋这样的老宅。从大门周围的整洁度可以看出，它并不是废屋。只是这栋民房的大门上有一处明显异于其他建筑的地方。

木制大门上绘有一个大大的鲜红十字印记。

这光景实在太过违和。在这座仿佛沉在大海里的镇上，那抹红色十分醒目。即便在雨天，依然能维持它原有的颜色和形状，甚至让人怀疑，这是不是昨天才画上去的。从凌乱的笔触一眼便能看出，它并非房屋设计的一部分。乍看有点像小孩的涂鸦，但又给人感觉太严肃。十字架这种图案，对小孩来说，未免太过宗教化。

十字架？

——应该是十字架。之所以不够确定，是因为那个十字架与普通教堂上的十字架形状略有不同。

这个十字架的横木两端稍稍下垂，末端呈锋利的尖锥状，令人联想到动物的角或牙。从横木与纵木交叉的部分开始，上下两端中间隆起，但末端依然是尖锥状。看起来像个扭曲的十字架。

或许它根本不是十字架，而是只有镇民才知道的记号，或是除我之外，全日本人都认识的某种记号。

可即使如此，在民宅的门上留下这种记号，未免有些不妥。屋内现在似乎没人。

我带着疑惑的心情离开这里，毕竟站在人家门前东张西望不太礼貌，而且我全身都湿透了，冷得直发抖。

必须要先找个避雨的地方。

空无一人的道路前方，有一栋看似已经空置的房屋。一楼部分建成了车库，破烂的卷拉门卡在上方，里面空荡荡的，没有停放任何车辆。我决定先去里面避避雨。

车库里飘散着轻微的汽油味。我疲惫地呼了口气，甩了甩头发上的雨滴，并没有太在意身上湿透的衣服。我在破烂的卷拉门下抬头望着天空叹了口气。

"谁？"

车库后方的黑暗处突然传来说话声，把我吓了一跳。

回头一看，有个少年站在那里。

少年身型瘦小。占据了瘦削脸颊大部分位置的大眼睛，狐疑地眯了起来。眼睛上方修剪的齐刘海，看起来有些笨拙，透露着几分稚气。他年纪应该比我小，但紧抿的嘴唇与皱起的眉头，展现出他沉稳、独立的个性。

他坐在轮椅上，膝上盖着一条毛毯，瘦小的身躯仿佛陷在了轮椅中。

莫非是这屋子的主人？

我连忙道歉。

"对、对不起。我只是想在这避个雨，绝没想过要偷什么，我这就离开——"

"等等！"

正当我打算冲进雨里，少年阻止了我。

"你是从镇外来的？"

"是的……"我小声地回答。

"真的吗？那太棒了！"

不知为何，少年面露喜色。正当我感到困惑，他转动轮椅向我这边靠近，饶有兴致地仰头凝视着我。我往后退了几步，再退就要淋雨了。背后传来雨水滴落的声音。

"嗯，外地人果然不一样。"

"那个……请问……"

"啊，不用担心，我也是进来避雨的。换个话题吧，跟我说说外面的事吧。你是从哪里来的？来这里做什么？一个人来的吗？今年多大了？"少年一点点朝我靠近，"你全身都湿了，没带伞吗？"

"我……没带伞。"

"那我借你吧。不过，作为报答，你能答应我一个请求吗？"

"什么请求？"

"其实，我只有一把伞。我可以把伞借你，但你得送我回家。说白了，就是帮我推轮椅。这样我们两个人都不会淋湿。"少年微微笑了笑，"怎么了？一脸担忧的表情。"

我对少年的警戒还没有解除。毕竟他是我在这个阴郁小镇里遇到的第一个人，这个小镇对我并不友好。正因如此，他那爽朗的表情才显得特别不真实，虽然他看起来不像个坏人……

"对了，如果你想找个落脚的地方，那你最好送我回家。因为我家就是开旅店的，难得有客人上门，我爸爸应该也会很开心的。"少年说着，再次朝我露出笑容。

我决定相信这份幸运，最重要的是，我愿意相信他的笑容。

我们在雨中一起沿着凹凸不平的红砖路往前走着。我左手拿着伞，右手握着轮椅的把手。镇里依旧寻不见一个人影。但我已经不再是孤身一人，有个轮椅少年陪着我。

"我叫尤里。"轮椅少年说，"你呢？"

"克里斯提安纳。"我答道。

"克里斯提……什么？"

"叫我克里斯就行了。"

"哦，好的。"尤里回过头，仰头看向我，"把伞稍微拿高一点。对，就是这样。谢谢。你来自哪里？"

"来自英国一个叫伦敦的地方。"

"那一定是个很远的地方吧。"

他一定无法想象那种遥远吧。自打从西方尽头的伦敦乘船来到日本，已经过去一年多了。不知道伴我从出生到长大的那间教堂是否安在？说不定已被泛滥的泰晤士河冲垮了。

"跟外面相比，你觉得这座小镇怎么样？"

"非常安静，像是一座无人小镇。"

"因为最近怪事频发……"尤里拉长尾音嘀咕道。

"镇上发生了什么事？"

"欸？你没听说吗？看来你还真是刚来这座小镇呢。"尤里的声音里夹杂着一丝惊讶，"以后再告诉你吧，我们先赶路，雨好像变大了。"

我按照尤里的指示走进小镇。可即便在里面走了好一会儿，也没有发现任何能够改变我对小镇第一印象的东西。反倒让人愈发觉得阴森。目及之处，全是立方体的水泥建筑、波纹状铁皮屋顶的工厂与烟囱、配有生锈卷拉门的商店街以及像是临时铺成的简陋红砖道。

不一会儿，我便看到了尤里的家。那是一栋乡村风格的小屋，正面有一层较高的门廊，散发着这个小镇所没有的优雅。但栏杆、支柱、阶梯和地板都没有涂成白色，维持着原有的状态，给人一种鬼屋的既视感。这栋小屋只在门廊阶梯边立了一个小箭头型招牌。红砖路笔直连接着旅馆，在招牌处终止。屋子的后面就是森林。被大雨淋湿的漆黑森林，如同包围着古老鬼屋的帐幕。

"欢近来到'皇家翡翠城'。"尤里冷不丁地对我说道。

我维持着撑伞的姿势，来回扫视着尤里和眼前的"鬼屋"。

"这就是你家旅店的名字啊……"

围绕在旅店四周的森林，颜色虽是深浓的绿，却没有翡翠那么亮眼。加上中间还有一栋掉了许多白漆的破旧小屋，与皇家、翡翠之类的字眼完全搭不上边——

绕过正面玄关的门廊，可以看到侧面有一条供轮椅上下的斜坡。

不过也只是拆除部分扶手，再铺上一层厚木板做成的坡道。我把尤里的轮椅推了上去。

尤里拉了一下玄关处的门铃绳。那条绳子恰好垂到尤里够得着的位置。

门很快便打开了，一个男子从里面冲出来。

"尤里！你跑哪去了？"

粗蛮的吼声越过尤里的头顶灌入我的耳中，我不由得后退了一步。眼前站着一个体格壮硕、肌肉发达的男人。他抓着的门把手此刻还在发出令人毛骨悚然的声音，仿佛下一秒就要被他捏碎。

"只是去散个步而已嘛，有什么好紧张的。你不是说感觉好点的时候可以出去吗？"

"少给我耍嘴皮子！外面下这么大的雨，你怎么能一个人跑出去乱走？万一淋湿感冒了怎么办？你就不能好好爱护一下自己的身体？下次再这样擅自跑出去，我就不允许你出门了。"

"别紧张嘛，不过是出个门，我自己能行，只是没想到会突然下起雨来！"

"突然？你也知道突然？那我问你，万一突然发病怎么办？到时没人会救你！而且，如果'侦探'来了怎么办？"

——"侦探"？

他的话吊起了我的胃口。

"侦探"……会来？

"爸，你根本不懂我的心情！"尤里愤愤地说完，回头看向我，

"克里斯，我先回房间。这里真是吵死人了，根本待不下去，你待会儿来我房间。"

尤里说完，穿过仍在厉声怒骂的男子身旁，往屋里走去。我本想制止他，但突如其来的状况，令我一时语塞。我一向不善于应对这种紧急事态。

现场只剩下我和那个怒气冲冲的男子。

"你是谁？"

男子瞪向我，把无处发泄的怒气转移到我头上。而且他似乎才察觉到我。

"那、那个……我想今晚在这里借住一宿……"

"你是旅客？"

"是的。"

"哦，这样啊……"男子的语气平静下来，"真是抱歉啊，因为很久没有来过客人，我都差点忘记这里是旅店了。这个镇上，只有想找人倾诉的独居老人才会来这里住宿。"

男子小声嘀咕着，帮我用力推开了屋子的门。接着举起右手朝我挥了挥，示意我赶紧进去。我这才总算进到了屋内。

大厅为木质结构，全部保留了木材原有的颜色。不过，不知用"大厅"这个词来形容是否合适。这里的室内装修风格，完全与维多利亚时代风格、洛可可基调*之类的搭不上边。说好听点，是山

---

* 洛可可基调：即洛可可艺术风格，18 世纪产生于法国、遍及欧洲的一种艺术形式。该艺术形式具有轻快、精致、细腻、繁复等特点。——译者注

间小屋风格。说得难听点，就是粗糙简陋，服务不周。当然我并没有抱太高的期望，只想找个落脚的地方。如果可以的话，再有顿热食就好了。

体格壮硕的男子依然念叨着，走到大厅的柜台后。他的每个动作都显得很不耐烦。

"坐那边吧！"

我遵照他的命令，坐在柜台前的圆椅上。双手不知道该放哪里，最后只好拘谨地搭在膝盖上。

男子从柜台底下拿出一块小黑板，一手撑着黑板，另一手用粉笔在上面写字。看来他就是"皇家翡翠城"的老板。

"一个人出来旅行？"

"是的。"

"多大了？"

"十四岁。"

"从哪里来的？"

"英国伦敦。"

我像是在接受审问般乖乖地坐在椅子上回答着。柜台后的壮硕男子，与其说是旅店老板，倒更像是在人迹罕至的冬季荒山上养山羊的牧羊人。他的脸和手臂都覆盖着浓厚的汗毛，脖子比旁边的薪柴还粗，全程以威严的低沉嗓音质问我，如同一只听不懂人话的山羊。

"那还真是远道而来，我们这还是第一次迎接外国旅客。话说回来，你的日语说得还挺好。不说这些了，反正能沟通就行了。对了，你叫什么名字？"

"克里斯提安纳。"

"克里斯马斯什么？"

"叫我克里斯就行了。"

"带钱了吗？"

"哦，带了。"

我把背包放下来，从里面拿出一张卡。那是英国银行发行的现金卡，可以作为货币直接使用。

"你要住几天？"

"那个……"

"还没决定吗？"

"是的。"

"没事，随便你住多久，反正这个镇里没人会质问你到底什么时候离开。请先付三天的住宿费。"说着，他拿我的卡在卡机上划了一下。

"如果你提早离开，我会把钱退给你。如果要延长住宿时间，到时再补交，可以吗？"

"可以。"

我接过现金卡，放回背包。

"没有计划的旅行吗——我小时候也向往过。不过现在已经变成尤里的梦想了。"旅店老板摩挲着脸上的胡渣，严肃的表情变得柔和了一些，"小小年纪就敢长途旅行，真令人佩服。而且，跟我家尤里比起来，你要沉稳得多。哎，是教育的差距吗？我带你去房间吧。虽然这里环境简陋，灰尘多，风景又差，但床绝对舒服。"

在老板的带领下，我往走廊里侧走去。旅店规模不大，所以房间数量并不多。除我之外，这里没有其他住客。走廊上胡乱堆放着枯萎的植物、断线的网球拍、老式收款机之类的物品，我只得闪躲着前行。稍微踩到一点应该没事吧。且不说住宿环境如何，至少老板接纳了我，暂时可以安心了。没想到老板完全不会戴有色眼镜看待外国人。

刚走进房间，柔和的木香味扑鼻而来。老板所说的绝对舒服的床位于房间一角，床边是窗户和镜台，床看起来十分柔软，睡上去应该很舒服。

窗外传来哗哗的雨声。

"这里只有我、我儿子尤里和厨师三个人负责打理。详细规则尤里比我还清楚，你问他吧。平日的饮食全交由厨师负责，如果有什么问题，随时和他说。衣柜旁边有电话可以直接联系柜台，只要我没睡着一定会接。"

"谢谢。"我深深地鞠了个躬。

"单独浴室在这里，里面带卫生间。"他打开旁边的门，"英国人有泡澡的习惯吗？总之你想怎么洗都行。如果想泡大池，可以用走廊尽头的大浴池。"

"我洗淋浴就行了。"

"嗯，毛巾在那里，快把淋湿的头发擦一擦吧。"

"好。"

"对了，为了节约用电，我们旅店的房间都用蜡烛照明，蜡烛可以随便使用。"

"好。"

"房间的情况基本就这些——"老板将视线从我身上移开，望向窗台，"接下来是我的一些建议，或者说是忠告。除非有特殊原因，否则你最好别去外面乱跑。最近发生了很多事情，大家都有点神经质。要是突然看到村上出现一个你这样的外国人，他们会以为又发生了什么。我没什么恶意，只是为了以防万一，给你提个醒。不过，你看上去也就是个小孩，应该不会被当成危险分子。懂我的意思吗？"

我突然想起一件事情。

"昨晚，我来这里的途中，看到有栋大房子烧起来了。"

"是焚书吧。"老板面无表情地说道。

"这个镇因为焚书出了什么事吗？"

"不知道。"

老板态度冷淡地回答完，无力地摇摇头，垂着肩膀朝门口走去。就在快要离开的时候，他猛地回头。

"抱歉啊，还麻烦你推着尤里回来，下雨天推轮椅很累吧。那孩子，身体状况好一点，就会立马一个人跑出去玩，我也很伤脑筋。"

"他身体不太好吗？"

"算是吧——不过，你对他好，我也会同样地对你好。这跟你是外人还是英国人没有关系。懂吗？"

"谢谢。"

"有空的话，去陪陪他吧。"他转身背向我，"我叫朝木，是尤里的父亲，这家旅店的老板，请多关照。"

目送朝木老板离去后，我躺到床上。因为下雨的缘故，外面一片昏暗。透过窗帘缝看到的景色，是清一色的森林。森林前排列着一行照明灯，或许也起到了提示小镇与森林界线的作用吧。说不定这个小镇也只是在海岸线被侵蚀后，人们逃到山里形成的小村落而已。

真是座奇妙的小镇，这里到底发生了什么呢？

旅途中绝不插手当地发生的问题，是我从尚浅的经历中总结的教训之一。但我总在好奇心的驱使下多管闲事，因此吃了不少苦头。或许我应该听从朝木老板的忠告，别在附近乱跑，休息三天后，再前往下一座小镇。

但我显然做不到，尤里与朝木话语中出现的那个词，勾起了我强烈的好奇心。

"侦探"——

回想起来，这似乎与我碰巧看到的焚书场面存在某种关联。

闭上眼睛，火焰的颜色在眼睑后复苏，将屋内书籍烧作灰烬的无形、炽热的红炎，那股热浪的余波仿佛还残留在我的皮肤上。屋内的书是如何被烧毁的？它是怎样变黑，然后又怎样化作灰烬的？

这座小镇有什么不为人知的秘密吗……

等回过神，我已经打起盹来。梦中，房屋燃着熊熊大火，我极力想逃离火焰，这才猛然惊醒。全身火辣辣的。我到浴室冲了个凉，把湿透的衣服换了下来。

突然，房间的电话响了。是尤里打来的，他说午饭准备好了。于是我走出房间，往食堂方向走去。从大厅的另一扇门进去就能看到食堂，里面并排摆放着两张木制长桌，墙壁有一面安装了落地窗，外面用木板搭了个阳台，但没有屋顶。如果现在打开窗走出去，雨一定会打进屋内。看来，在我睡着期间，雨依然没有停止。

食堂准备的餐点是一盘巨大的煎蛋卷。

"吃午饭啦。英国也有煎蛋卷吗？"

不知何时，尤里已经出现在我身后。

"有是有……不过这个也太大了吧。"

"薙野叔叔太激动了。他是这里的厨师，不过最近心情有点阴郁，他说自己老在打杂，厨艺派不上半点用场。今天听到有客人来，他似乎很高兴。"

"万一我吃不完，可就糟蹋食物了。"

"说这种话可是会长不大的哦，说不定哪天就会被我超过了。"尤里开玩笑似的说道，"要不要牛奶，我给你拿。"

"啊，不用了，我自己去拿就好。"

"没事没事啦。"

尤里转动轮椅走出食堂，不一会儿便用膝盖带着一大瓶牛奶回来了。他的脚虽然不方便，但操控轮椅却十分灵活。而且，他气质高雅，完全看不出是那个粗狂、严厉的父亲所生。他应该要比我大吧？但其实，我跟他身高几乎已经不相上下……

"谢谢。"

我拿过牛奶瓶，在他对面的位置就坐。餐桌上铺着厚厚的白色桌布，还按一定间隔摆设了烛台，装点得如同豪宅里的餐厅。

"克里斯，你为什么会说日语呢？"

"是小时候母亲教我的。我父母虽然都是英国人，但他们好像在日本生活了很久。尤其是我母亲。"

"那你母亲现在在哪里呢？"

"她被一场洪水冲走，后来再也没有消息——"

"这样啊……那我们算是同病相怜了。"尤里叹了口气，勉强露出微笑，"我母亲也被海啸卷走，下落不明。已经是很久以前的事了。"

英国和日本都是岛国，面对的环境问题一定十分相似。但相比那些因海平面上升而国土完全沉没的国家，似乎又好得多。

我们花了很长时间慢慢吃完那盘煎蛋卷。

勉强吃完后，尤里一边收盘子，一边对我轻声说道："到我房间来，我告诉你这镇上发生的事。"

尤里的房间布局与我的十分相似，只是为了方便轮椅走动，撤掉了镜台，床的形状也稍有不同。桌上胡乱摆放着白色耳机式收音机和学习用的小黑板。黑板上写了几个我不认识的汉字。

"你在练字？"

"是啊。"尤里转动轮椅，拿起黑板，"我爸要我练的。"

"那很难得啊，既然都用收音机学习，也就没必要再记那些复杂的汉字了吧？"

"嗯，所以我实在不想学这些没用的东西，光是学习广播课程就已经够呛了。"

广播会告知世上所有的事情。那些曾记载在名为"教科书"的书本上的知识，现在通过各频道，可以二十四小时随时收听。戴上耳机就能学习，别说小孩，连大人们也十分支持。因为大人们只要看到孩子戴着耳机，就能安心了。

书本已从这世上消失，收音机的利用价值因此极速提升。收音机频道涵盖各类节目，从教育到报导，日常所需要的信息几乎都能通过广播收听。当然，由于播放内容都经过审核，听众并不知道所得知的是否为完整信息。

"找个空地坐下吧。"

在尤里的催促下，我坐到床上。

"刚刚我跟你说的那些，绝对不能在食堂聊起。"尤里将轮椅停到窗边，神秘兮兮地压低声音对我说，"因为大人们很忌讳。"

"那告诉我没关系吗？"我不安地问，"毕竟——我是个外人……"

"没关系啦。而且，你已经不是外人了，我们是好朋友啊。"

"嗯，谢谢。"我打心底感到高兴。

"所以，我才把这个镇上的秘密告诉你。"尤里小声说，"这个镇上经常有人失踪。"

"失踪？"

"没错，平日经常打照面的人某天突然消失不见，然后再也没回来过。"

雨声几乎要盖过他的说话声，但我依然听得真切。

"他们只是离开小镇了吧？"

"每个失踪的人，家当都完好地留在屋子里。"

"没人试着去找他们吗？"

"有人找过。但大家似乎从一开始就不抱希望。即便是家人、老友，也只会简单地找个借口说'他们消失也有消失的理由'，然后平淡地接受。"

即便身边的人消失不见，这个镇上的人依旧能若无其事地迎接早晨的来临吗？我今早所目睹的那份仿佛万物死绝的寂静，是绝望的沉默，还是彻底的冷漠？不管是哪种，有一点可以确定，那就是，这座小镇充斥着异样的气氛。

"失踪的人都去了哪里？"

"他们根本无处可去。"尤里面带微笑地说着，但眼神里没有丝毫笑意。

"没人离开过小镇，但大家都清楚失踪的人去了哪里。"

"大家都清楚？"

"对。"

"哪里？"

"森林啊。"

尤里说这句话时，旅店四周的森林响起轰然的嘈杂声。

透过窗帘缝隙窥见的黑色森林，在大雨的侵袭下，宛如某种恐怖的生物般蠢蠢欲动。

"大家一定去了森林里。"

"森林？"我假装不看窗外，反问道，"意思是，他们遇难了？"

"遇难？哦，你是说他们迷路回不来？你说的没错。不过，不仅如此。做过坏事的人，一旦在森林里迷路，会被砍头，最后留下一具无头尸。"

"被砍头？"

"是真的。我见过头被砍掉，变成无头状态的尸体。"

谈话内容越来越脱离日常。

突然袭来一股闭塞性的窒息感，这座小镇果然非同寻常。

"有天早晨，我像平时一样坐着轮椅出去散步。突然发现森林入口处附近躺着一具无头男尸。我的视力很好，远远地就注意到森林里躺着的男尸，很厉害吧。不过，等靠近一点才发现，那是具无头尸。起初我以为他的头被埋在地下，但事实并非如此。那具尸体怎么看都像是头被人割了下来。我远远地看了一会儿，接着有群小孩跑到尸体旁边。他们没发现我，说不定他们比我更早发现尸体。和我一样，他们似乎也是碰巧撞见的。大约有三个男孩吧，他们观察了尸体好一会儿，后来便回去了。"

"然后呢，你怎么做的？"

"我也回去了。"

"什么？就这样？"

"对啊。"

"没去报警吗？"

"报警？"尤里睁大眼睛，"报警也没用啊。警察不管的。而且，我也不知道该怎么告诉他们。再说了，我都不知道怎么联系警察。"

"这样啊……"

他们并不了解警察的职责，也不知道何为"犯罪"。所以才会束手无策。

几十年前进行的全面焚书，断却了旧时代的野蛮思想，也消灭了所有凶恶的"犯罪"。就统计数据来看，这确实是不争的事实，此后从未发生过引人注目的大案件。

"也没有告诉大人吗？"

"没有。因为大人们都讨厌尸体。"

"讨厌？"

"虽然表面装作毫不关心的样子，但其实大家都很害怕尸体。因为害怕，才装作毫不知情，并告诉自己，这与自己无关。我们的生活区域不能有尸体。因为大人们知道，尸体预示了自己的死亡。我们连尸体是什么都不知道。或许将来有一天会知道吧。"

逃避死亡。

我们的时代充斥着太多死亡，因此才会想着要逃避。这座小镇一定是那些死里逃生的人最后抵达的场所。但不管他们怎么逃，死亡依然会不期而至。经历过战争造成的巨大伤亡后，我们又亲眼目睹了自然灾害造成的更大规模的死伤。那种害怕死亡的心情，连我这种小孩都深有体会。所以，他们忌讳尸体，不允许它们出现在自己的生活范围内。

这并非这座小镇特有的感觉，而是我们这个时代的共通点。对我们来说，死亡源于自然灾害，例如洪水、海啸、台风。世界各地不断有人死于自然灾害，它的破坏力和杀伤力超乎人类的想象，让我们陷入无力的境地。相比在灾害中丧生的尸体，无头尸带来的冲击力要小得多。因为比这悲惨的尸体多得是。即便是现在，仍有大量尸体，在世界的某个角落慢慢地腐烂。

"后来，尸体怎么样了？"

"不知道。第二天再去的时候，已经不在那了。可能是有人搬到别处去了吧？也有可能是烧掉了，或者埋进墓里了。"

"这镇上有墓地吗？"

"没有。我所说的墓，是指别人随便挖的。我也不知道镇上的人死后是如何处理的。我从来没有见过葬礼，不过听说尸体会立刻火化，把骨灰撒进河里冲走。尸体不允许留在这个世上，多一刻都不行。应该有不少孩子甚至没见过尸体。我第一次见到的尸体没有头，那种感觉很奇怪。真正的尸体到底是什么样的呢？"

"结果那具尸体到底是谁的？"

"谁知道呢。又看不到脸，毕竟头都没了。听其他孩子说，有可能是几天前从镇上消失的那个人。"

"那还见过其他失踪者的尸体吗？"

"我没见过，但听说，有几个人见过。"

不断有人失踪的小镇。

森林里的无头尸。

以及，忌讳死亡与尸体的居民。

我想起了镇民对我投来的阴沉视线。在这座疯狂的镇上，或许外来人就等同于灾难使者。虽然这座小镇表面上，无比平静。

"对了，有件事我很在意……"我支支吾吾地问道，"你认识你父亲所说的'侦探'吗？"

"嗯——"

尤里的表情明显暗淡下来。

"这座小镇上有'侦探'？"

"有吧。"尤里眼睛盯在地上说道，"我觉得。"

"真的？"我不由得提高了音调，"那跟我说说'侦探'的事情吧。"

我恳求道。尤里露出犹豫的表情，朝窗户瞟了一眼，重新看向我。

"你今天累了吧？克里斯，先回去好好休息吧。"

"我不累，所以——"

"明天再说吧。"尤里打断了我，"我想给你看样跟'侦探'有关的东西。最好看完再说。"

"给我看样东西？"

我不解地歪起头，但如果再追问下去，恐怕会惹人嫌，我只好顺从地点点头。

"今天晚餐的时间是七点。我会打电话叫你的，你先回去睡会儿吧，你看起来有些睡眠不足的样子。"尤里恢复爽朗的表情，"对了，克里斯，你身上有股海水的味道，好好洗个澡吧。房间里有单独浴室，随便用吧。"

我听从他的建议，回到房间，再次冲了个澡，在床上休息到晚餐时间。晚餐是用野菜做的料理，好久没有吃过如此丰盛的餐食，尽管我不怎么饿，依然狼吞虎咽地吃了个饱。但遗憾的是，尤里、老板和厨师似乎都很忙，大家都没有上桌，只有我一个人在餐桌上独享美味的晚餐。

或许，我还没有被这座小镇完全接纳。

小镇上存在"侦探"。

——这世上真的存在"侦探"吗？在多数人的认知里，"侦探"是消失的"推理"中最为关键的角色，是秩序、正义的象征。是能够重组并复原零碎无解谜题的伟大人物。他时而勇于抵抗手持凶器的坏人，时而解救身陷灾祸的人民。这是推理小说黄金时期至末期刻画的种种侦探面貌。在焚书时代，他们曾被视为一心赴死的狂人。但在这个伤亡惨烈的年代，还有人能比他们更坦然地面对死亡吗？

曾经，"推理"中描写过各种形态的"犯罪"。当中记载了人可能犯下的各种罪行。死亡、暴力、恶意、诡计……推理会以荒诞的手法或复杂谜团的形式将其呈现出来。这些真实地存在于那个将死亡和暴力作为娱乐消遣的时代。

而如今，包含"推理"在内的所有书籍都消失了。

时代不再寄期望于书本。

战争与大规模的自然灾害，耗损了大量的钢铁和人命。于是，人们将罪行归咎到暗示死亡和暴力的书籍上。政府禁止阅读和出版书籍，焚书时代就此拉开帷幕。书本自身无法抵抗，一旦被定为有害，只能沦为灰烬。

杀人、伤人、抢夺他人财物等犯罪行为，都在焚书的影响下变得手法简单，也更容易被检举。不久后，罪犯、案件数量逐渐减少，充斥着书籍引发的罪与罚的社会，也逐渐变成没有人受伤的理想世界。"犯罪"一词失去了意义，不再是原来的形态。到我们这个时代，所有的"犯罪"都不复存在。

不过，因为案件的减少，警方办案能力已经退化是不争的事实。大多时候，警察甚至没法立即赶往现场。由于警察人数稀少，各自管辖的范围十分巨大，恐怕这座小镇根本没有公安局吧。所以孩子们根本不清楚什么是警察，也没有必要知道。

焚书最早在英国实行。这也象征着产业革命后，一个时代的终结。

焚书让世界发生了翻天覆地的变化。

现在只有小部分的人还记得爱伦·坡、柯南·道尔等作家的名字，他们的作品是最先被烧毁的对象。原因很简单，因为他们的作品充满死亡和暴力，被列为焚书对象也不足为奇。鲁莽的死亡、游戏式的犯罪、野蛮的暴力，所有人都害怕这些会在人群中散播。焚书并非政府单方面的强制行为，至少在英国，可以算得上是人心所向。人们希望能借此获得和平。

在那个时代，我们所知晓的"推理"并没有明确的概念，顶多只是指向性地将代表柯南·道尔等作家的特定书本列为焚烧对象。不久，不仅是死亡、暴力与犯罪，与描写感情的坚定，意志的坚强等相关的书本也难逃此劫。后来，有害的划定范围在定义模糊的状况下逐渐扩大。实际上，所有书本都成了焚烧对象，拥有书就等同于犯罪，一旦被发现，必将被烧为灰烬。

据说20世纪60年代后期，书就被逐出了历史舞台，那时候广播、电视等信息媒体开始兴起，书本不再是必需品。我也不清楚是不是出于这种时代背景的缘故，至少我们这代人无法理解书本曾是媒体的一部分这件事。然而，从某种层面来说，这也算是科学发展的必经过程。既然广播和电视已经成为出色的媒体，那曾经过时的纸质媒体被淘汰也是理所当然，至少我是这么认为的。就像蒸气火车发展到电力火车后，前者遭到驱逐一样。

但是——

在这个对"推理"一无所知的世界里，若有人从本已消失的"推理"中获得知识，偷偷地用于达成自己的目的——人们能否理解这种"犯罪"形态呢？

不仅是"推理"，焚书还显露出另一个弊端。那就是知情者与不知情者的明显差距。因此，在不知情者的世界里，知情者能占取优势地位。

我所拥有的"推理"知识，全是从父亲那里听来的。父亲记得福尔摩斯的故事、阿加莎·克里斯蒂*的名作等，从小时候起，时常讲给我听。在我上教会学校四年级时，父亲随英国海军的潜水舰，在北海沉没殉职。

父亲讲述的故事里一定会出现"侦探"这个人物，或许在我的记忆中，我早已将带有英雄色彩的"侦探"，与获得海军英雄勋章的父亲重叠在了一起。所以，对我而言，"推理"是英雄谭，而"侦探"是正义的一方。

在这个迷失的世界里，依然存在"侦探"。

在这座镇上……

我做着"侦探"的梦，沉沉地睡去。

第二天，尤里的电话把我从睡梦中叫醒。推开窗，寒冷的朝雾悄无声息地流入室内，冰凉地抚过我的肌肤。我迅速换好衣服往食堂走去，在餐桌前等了一会儿后，一个穿着白色围裙的男人为我端来了面包和色拉。看来他就是这里的厨师。这人留着浓密的络腮胡，头发剪得很短，五官如猎人般犀利，完全不像个技艺高超的厨师。晒得黝黑的健康肌肤，与白色围裙形成鲜明对比。

"听说你是从英国来的？"他毫不客气地用力拍着我的肩膀问道，"听说英国的食物很难吃。刚好，我做的饭菜也不怎么好吃，跟你简直绝配，哈哈哈哈。"

---

* 阿加莎·克里斯蒂：英国女侦探小说家、剧作家，三大推理文学宗师之一。 代表作品有《东方快车谋杀案》和《尼罗河谋杀案》等。——译者注

粗犷的嗓门在清晨显得格外刺耳，真担心会不会吵到周围的居民，破坏他们一早的心情。

"听说是你在雨天帮忙把尤里送回来的？不错啊，最近像你这么热心的人已经很少了，你们要好好相处啊。尤里就跟我儿子一样，如果我的亲生儿子还活着，现在也跟尤里一般大了。哈哈，不用在意，这种事很常见啦。"

听着薙野大叔滔滔不绝的话语，我像小鸡啄米一样不住点头。

这时，穿着藏青色毛衣的尤里推着轮椅来到了食堂。

"早啊，克里斯。"

"早安。"

我们一起吃完早餐后收拾餐具，然后离开食堂。由我负责帮尤里推轮椅。

一直持续到昨天的雨云，以零碎的状态分布在空中。朝阳透过云朵的缝隙洒下光束，落到如头纱般的雾上，胡乱地折射开来，仿佛雾本身带着光芒一般。路上空无一人，我们朝着尤里指示的方向，沿着红砖路往前走去。

"这个镇很小。既不富裕，人口也不多。"尤里回头看向我，"我不想一辈子都待在这种地方，我想去镇外看看。可我现在这个样子，怕是去不了了。"

尤里露出爽朗的笑容，指了指自己的腿。

"治不好了吗？"

"嗯，应该是吧。是某种常见的金属毒导致的。我原来住在海边，所以在不知情的状况下，吃了很多携带毒素的鱼。"

"现在感觉怎么样？还好吧？"

"还好。只是睡觉的时候，有时会很难受，平时就还可以。"

我们钻进雾里，慢慢走下平缓的下坡道。

"克里斯，你脖子上戴的是什么？我看你昨天也戴了。"尤里指了指我的脖子。

我戴了一条由特殊纤维做成的黑色颈链。前面有银质装饰，中间镶着一颗冰凉、透明的蓝色石头。

"嗯……这是我父亲的遗物。"我抚着脖子上的颈链，"我父亲也是在大海……"

"原来如此……"尤里拉长了尾音，像是在寻找回应的话语，"海真的很讨人厌呢。"

"是吗？"

"它夺走了一切。"

尤里看着正前方，我窥不见他说话时的表情。

"对了，你昨天说要给我看什么东西？"我终于按捺不住，询问道。

"嗯，是啊，很快就能看到了哦。"

尤里指着道路尽头的一栋老房子。那是一栋小型木造平房，除了看起来比较破旧外，并没有什么特别之处。窗帘遮得严严实实，给人一种阴森的感觉。

"这屋子里有什么吗？"

"看那里的大门。"

尤里说话时，原本遮掩视线的乳白色浓雾，像是被施了魔法般随风消散。小屋的大门清晰地出现在视野内。

门上用类似红漆的颜料，画了一个巨大的图案。

跟昨天我在另一个地方看到的十字架一模一样。

"不只是这栋房子。"

尤里指了指附近的民宅。方才雾气太浓，一直没注意到。但现在看得很清楚，隔壁屋子的门上也画了一个扭曲的十字架图案。

两栋相邻屋子的大门上都留下了相同的记号。

"街上也能看到类似的东西，除这里外，还有很多画有红色印记的房子，到处都是……"

"这是怎么回事？"

"有人暗中在居民的房门上画红色印记。"

"为什么？"

"不知道……"

"只是画记号而已吗？"

"是啊，只是画记号。没有损坏物品，没有偷走什么，也没有人受伤。"

我推着轮椅，眺望起道路旁整齐排列的房屋。只有一栋民宅的大门上留有记号，但整条街都散发着诡异感。

"你可以透过窗户看看里面的情况。"尤里指向一栋房屋，"那家主人觉得这记号不吉利，所以搬走了。现在这屋子没人住，看了也不会挨骂。"

我遵从他的建议，站在窗户位置窥探起里面的情况。

屋子里空荡荡的，乍看之下，并没有什么异样。

但仔细观察会发现，墙壁有些怪异。

室内的墙壁上也画有扭曲的红色十字架。

正面所能看到的墙壁的四个角落，各画有一个小十字架，总共四个。

四面墙的角落都画有同样的图案，一间屋子共有十六个十字架，仿佛要进行什么仪式般，给人一种不祥之感。红色油漆状的液体滴在壁纸上，在世上留下惊悚骇人的痕迹。

室内的十字架和门上的形状一样，都呈扭曲状。事实上，我根本不确定这是不是十字架。我曾经在教堂生活过一段时间，所以见过教堂里的十字架。但这种形状扭曲的十字架，还是第一次看到。它并非凯尔特或俄罗斯十字架*，也不像其他任何一种十字架。

"这个十字架是根据什么画的呢？"

"十字架？我倒觉得像把刀。"

确实，也可以看成是一把刀或者剑。

究竟是谁，又为什么留下这个记号？

完全没有头绪。

---

* 凯尔特十字架：天主教十字架的一种，是一种中央交叉处连接着一个圆环的十字符号。而俄罗斯则沿用东正教十字架，在上下两端各有一条横线。——译者注

"被画上记号的屋主说，那天他们一家出门了，回来后家里就变成了这样。听说窗户的锁都被破坏了，应该是有人潜入了屋内。"

"镇上从什么时候开始出现这个记号的？"

"大概四年前吧。"

"已经有四年了？"

"对。开始是一个月出现一个，定期增加。但最近特别多，有时候突然就有两三家被画上了记号。全都是趁屋里没人的时候画的。"

"可我看这些图案一直都留着，没人想去掉吗？"

"很多人都想去掉啊，但油漆根本擦不掉。所以，门上留有记号的居民全都搬出去了。毕竟，大门上被画了个莫名其妙的符号，换谁也没办法再安心住下去。"

尤里说的不无道理。对住户来说，他们只有两个选择，要么尽快消除图案，要么搬离此处。住在这种画有恐怖记号的房屋里，精神上一定很痛苦。

难怪镇民会对外来人持警惕态度。他们一定以为，这是不祥事件的前兆吧。真是个绝望的时代。镇上萦绕着的畏惧气氛，或许并非针对留下记号的人，而是对这记号带来的毁灭与灾难。

"究竟是谁干的呢？"

"其实……这些记号是'侦探'留下的。"

我不敢相信自己的耳朵。

象征秩序的"侦探"怎么可能会做出这种令人毛骨悚然的事情？

不可能。在侦探小说里，只有坏人才会做这种事，"侦探"应该是追缉凶手的那方才对。

"'侦探'住在森林里，他会砍下镇民的头颅。至于为什么要这么做，我们也不知道。不过，大人们经常会吓唬小孩说，千万不能做坏事，否则'侦探'会来砍下你的脑袋。有时候为了让小孩乖乖听话，还会说'侦探'留下这些红色印记就是为了监视镇上的人，防止大家做坏事。"

"森林里的无头尸也是'侦探'干的？"

"无头尸？啊，你是指那具没有头的尸体吗……应该是'侦探'干的。"

"怎么可能……"

那不是"侦探"。

还是说，这是秩序维持者采取的手段？

真是如此吗？若是这样，那应该还有别的办法才对。像这样留下诡异的红色印记，对维持秩序能有什么帮助？果然"侦探"只存在于消失的"推理"当中，现实不可能有什么"侦探"。那这人究竟是谎称"侦探"的疯子，还是发疯的"侦探"呢——

"走吧，克里斯。"

尤里催促道。我垂头丧气地离开屋子，继续推动尤里的轮椅。后来，我们在镇上逛了一会儿，才回到旅店。镇上的人虽仍对我投来异样的视线，但有尤里在身边，锋锐的眼神似乎缓和了不少。

那鲜红如血的十字架，究竟有什么含义？

果真是"侦探"留下的吗?

为什么要在各栋民宅上留下记号?

消失在森林里的人都去了哪里?

无头尸是怎么回事?

这是神之子还是恶魔之子的甄选?

第二章　"侦探"名号之死

回到旅店，我筋疲力尽地躺在床上，眺望着昏暗的窗户。太阳沉入西侧，灰蒙蒙的雨丝，在微弱的户外灯光的照射下，在窗帘上投下模糊的剪影，给人一种室内也在下雨的错觉，雨依然间歇地下着。我用干毛巾裹住身体，静静地倾听着雨声。

随着温室化与气候异常的加剧，有时一下雨便会持续很长一段时间。漫长的雨季过后，接踵而至的是更为凶猛的洪水。

我回想起了某个夏日。

如同今日一样，那是一个阴雨天。

我出生在一个离伦敦市中心稍远的小镇上，一直过着与世隔绝的生活。英国各地每年都发生集中性强降雨，被洪水吞没的城镇不在少数。伦敦的泰晤士河时常泛滥，船只漂流到海德公园*的现象，早已见怪不怪。

我父亲隶属于英国海军，平时很少回家。我不知道他在军队具体从事什么工作，也不敢询问。因为在我看来，战争和军队的事情不能随便打听。

某日，父亲搭乘的潜水艇在从北海往苏联领海航行途中，因受

---

* 海德公园是英国最大的皇家公园，也是伦敦最知名的公园。——译者注

到不明撞击，沉入海底。潜水艇没有破损，几乎保持原状，躺在一千公里之深的海底。由于下沉的位置太深，施救人员没办法救出舰上人员，也不可能把舰艇拖上来。

当时我还只是教会学校四年级的学生。在那个时代，学校早就没有像样的课程，课堂上以牧师讲道为主。某日，校长和一位身着军装的男人来到我听讲的教室，把我带到外面，告诉了我父亲乘坐的潜水艇沉没的消息。当时距离舰艇沉没已经过去三天，此前我根本不知道父亲乘潜水艇出航了。我从学校早退，乘上一辆黑色车辆，莫名其妙地被带到附近的海军基地。那天，英国下着无声的细雨。

刚走进接待室，发现里面有很多人在擦拭着眼泪。我孤零零地坐在人群中，呆呆地望着那些哭泣的人，同时重新回想起潜水艇沉没的事实。潜水艇沉入海底会怎么样？潜水艇本来就在海底航行，应该没有影响吧？我完全没有概念，只能将其想象成一条大鲸鱼在海底睡觉。

周围哭泣的人依次被点名，进到另一个房间。我身边的一位美丽女性依然撕心裂肺地哭着，让人不禁担心她会不会就这样哭死过去。

"克里斯提安纳。"

轮到我了。我被叫到一个小房间内。里面站着两个军人，房间中央有张桌子，上面放着一个大型机器，连接着扩音器和麦克风。

"你的父亲现在在遥远的海上，他有话想对你说。"

"我爸爸？"

"没错。"军人简短地传达完，"好了，请说。"

他打开无线电开关。

"爸爸？"我对着麦克风说道。

"是克里斯吗？"

"是我。爸爸，你在哪里？"

'我在海上执行任务。你知道的，我在船上，这次去的地方比以往更远。可能没法按时回去了，现在情况比较困难。"

"那你要什么时候回来？"

"不好说，现在还不确定。"

"回不来了吗？"

"不是说了还不确定吗！现在还回不去！克里斯，你现在也该懂事了。别问那么多，安静地听我说。"

父亲的语气突然变得暴躁。受到父亲的厉声呵责，我在椅子上缩成一团。

"有几件事我必须要对你说。克里斯，你是个坚强的孩子对吧？一个人也能活得下去对吧？妈妈死的时候，你答应过我要坚强对吧？"

"是答应了，可是……"

"克里斯，听我说。不管是谁都有迷茫的时候，可一旦下定决心，就一定要坚持到底，不能轻言放弃。人生就是要在迷茫中不断探寻值得信仰的东西。爸爸相信你一定会坚强起来。"

爸爸的声音混着杂音，断断续续地传送着。

我没有说话，只是呆呆地盯着扩音器。

外面传来的柔和雨声，在室内回响着。不，那有可能是隔壁女人的哭声。

军人拿麦克风对着我，催促我快点说话。

"还有什么其他想说的吗？"

仿佛在告诉我，这是最后的机会了。

我极力地寻找话语。

"你一定要回来！"

扩音器里没有回应。

"你要丢下我一个人吗……"

"……会回来。"

"回来？你会回来吗？真的吗？"

"克里斯……如果这……的话，把衣柜的……板……"

杂音越来越大，类似海底气泡的声音混了进来，盖住了父亲的声音。

"爸爸？"

讯号突然中断。两名军人过来检查通讯机的状况，或是敲敲扩音器，或是转动旋钮……

"……救救我……克里斯……救我们出去……"

父亲凄惨的喊声在小小的房间内回响。

这是父亲临终前对我说的最后一句话。

我没有再说话，就这样浑浑噩噩地被送回了家。结果，直到最后，也没有人告诉我，潜水艇为何会沉没，据说至今仍在调查。

潜水艇现在仍沉睡在北海海底，任何人都无法触及。船员们恐怕都因为进水和缺氧而接连死去，遗体则被封闭在潜水艇中。他们利用无线电对家人或爱人留下了遗言。或许，潜水艇内还准备了一些遗物，随着遗体一起被封闭在舱内，连海底的鱼都无法看到。即便再过上十年、百年，父亲仍会一直沉眠于海底。

父亲留下的有关"衣柜"的那句话让我非常在意。在父亲的葬礼结束后，我打开他的衣柜试着翻找。等我好不容易撬开底板，却发现里面空荡荡的，只放了一把不起眼的钥匙。

我很快便意识到，那是父亲卧室保险箱的钥匙。我迅速打开了保险箱。

里面放着一个小小的黑色环形物体，用来当手环太大，做发箍又太小。

那就是我现在戴在脖子上的颈链，中央有个银质坠饰，里面镶有类似蓝色宝石的物体。

我不明白父亲为什么把它留给我。坠饰本身应该不怎么值钱。因为父亲留给了我一大笔保险金和国家每年发放的遗属抚慰金，留下这个不可能是出于金钱的考虑。可能就是个纪念品吧？又或许，是爱好"推理"的父亲，留下的待解谜团。可若真是如此，何不干脆留本书给我呢。

我的想法是不是太任性了……

现在颈链正挂在我的脖子上，它是警醒，是决心。更是我的护身符。

在异国的土地上，请一定要守护我。

刚在床上躺下，房间的电话突然响起，是朝木老板打来的。

"店里来了个人，说是想见你。"

"是谁？"

"不知道。不过一看就是外地人，有可能是你的朋友。"

朝木老板的语气听起来有些不耐烦。他让客人在食堂里等候，所以我出了房间便径直往食堂赶去。

一个男子故意将餐桌椅子朝向昏暗的落地窗，翘起二郎腿坐着。他身型消瘦，手脚修长，膝盖上放着一个大行李包。年纪在三十五岁左右，头发稍长，虽没有束起，却也不会给人邋遢的印象。身上穿着罕见的白色衬衫，搭配像是吊唁用的黑领带，给人一种远离尘世的感觉。脸色苍白，看起来有点弱不禁风。

他似乎察觉到我的气息，转头看向我，朝我投来遗世越俗的笑容。

"哟，克里斯。"

"桐井老师！"

我快步向桐井老师跑去，与他握手。

"又见到你这个英国小绅士了。"

"我已经长高了不少呢。"

听到我的话，桐井老师静静地笑了。

桐井老师是个旅行音乐家。

现在检阅局对歌曲和音乐的管制放松了一些，只禁止给音乐填词以及上演含有暴力内容的歌剧。严格来说，演奏乐器的行为并没有遭到禁止。可如今这个时代，乐器和演奏家几乎已经绝迹，像桐井老师这种真正会弹奏乐器的人更是少之又少。而且桐井老师不仅会弹，还是个堪称天才的演奏家。

初次见到桐井老师的时候，我才刚来日本没多久。当时来到一户人家打算寻找落脚点，而那里恰巧是他的音乐教室。原本我并没打算学习乐器演奏，只是单纯想找个地方住下。但桐井老师只是说了句"没关系"。或许是他对我这个飘泊的英国人心怀怜悯，我有幸在那里逗留了几日。

我没有演奏乐器的才能，但在英国的时候，我曾在教会的唱诗班学过声乐。某天我不小心提到了这件事，于是老师每次都会让我以演唱者的身份加入他们的队伍。在教堂还好说，但我不习惯在人前唱歌。不过，在音乐教室与大家度过的那段时光十分愉快。虽然不久后，音乐教室因为桐井老师外出旅行而关闭，但那几个星期的生活，是对我来说极其重要的回忆。桐井老师离开后，我也再次踏上旅程，虽然比原定计划迟了许多。

旅途中，我与桐井老师有过数次重逢。每次他都特别照顾我。对我来说，桐井老师是我在日本唯一信任的人，而且我也很尊敬他。音乐家与骑士很相近，是最崇高的头衔之一。

"老师，您什么时候来到这里的？"

"大约一个月前吧。"桐井老师边说话，边轻咳了两声，"镇上到处散播着你的传闻。废墟街角出现的金发少年——走过红砖路的蓝眼睛男孩……非常有画面感。一闭上眼睛，脑中就能浮现出，阳光斜斜洒下的金色黄昏里，你小小的身影走在静谧小道上的画面。你很在意那些传言吗？不用担心，我当初来到这镇上的时候，也被镇民们议论纷纷，只是没你这么严重而已。过几天就没事了。他们对外地人抱有非常强的戒备心。"

"我从来到这开始，就感觉一直被人盯着。"

"不过我们也因此重逢了，这得感谢他们。他们对你观察得非常仔细，总结的外形特点，与实际完全吻合，所以我马上就想到你。我也有幸体会到了寻找克里斯游戏的乐趣。只是当中有些人传话失败，竟把你形容成是一个身高两米半、全身毛茸茸的外国人。"

"全身毛茸茸……"

"可实际你既不是巨人，身上也没有毛茸茸。"

"那是当然……"

"不如我捏造一个新的谣言，就说你生气皱眉的时候，其实很可爱？"

"别开玩笑了，真是的。"

我连忙否认。桐井老师轻轻地挥挥手，示意我不用当真。

"这座小镇真的非常封闭。"

桐井老师突然转换话题。

"老师也这么觉得？"我压低声音回道，"老师，你不觉得这座小镇有点怪吗？"

"确实，不过，如今这时代，怪异的小镇不在少数。"

"尤其是那个红色印记——"

"你也看到了？"

"老师也看到了吧。"

桐井老师比我早到一个月，肯定已经听过红色印记和无头尸的传闻。

"我来找你就是为了说这件事的，原来你已经知道了，那还省了说明的时间了。你真是个让人省心的乖孩子。"桐井老师静静起身，"我们换个可以安静说话的地方吧。你的房间在哪？"

"在这边。"

我在前面带路。离开食堂时，桐井老师突然想起重要的小提琴箱还放在食堂，于是又慢悠悠地折回去拿。他看似心思缜密，其实非常粗心。但他向来处事不惊，遇事从容不迫。他是个自命清高、爱嘲讽世人，但很受人喜爱的音乐家。

走进我的房间后，桐井老师在床边坐下，把琴箱轻轻放在身边。那把小提琴就像他的情人，确切地说，是经常被落下的情人。我则端坐在镜台前。

"对了，你想找的东西找到了吗？"桐井老师问道。

"还没……"我垂下眼睛，摇摇头，"所以我打算再走远点看看。我穿过了大海、群山和废墟，好不容易抵达了这座小镇，本以为终于可以在床上好好睡一觉，谁知会遇到这么奇怪的事情……让人感到毛骨悚然……"

"没什么好害怕的啦。从他们极度警惕的样子就能看出，虽然他们表面装作很冷漠，但其实内心还存留着恐惧感。他们眼神凌厉，对周围的事物过于敏感。真正感到害怕的，是镇上的人才对。"

"镇上的人……吗？"

经老师这么一说，确实在理。如果将他们的举措归结为恐惧，那镇上超乎寻常的寂静也就不难理解。但倘若真是如此，我和桐井老师来自外地是不变的事实。不论在哪个时代、哪个地区，异端都会被视为危险分子，并遭到排斥。说不定哪天我们会被当成猎巫 *
对象呢。

"老师，您为什么会来到这座小镇上？"

"我旅行的原因一直都没有改变过。"

桐井老师旅行的目的在于，寻找丢失的乐器和音乐。从这点来看，与我有几分相似。但不同之处在于，桐井老师已是一流的音乐家，而我却没有任何可与之相比拟的技能和才华。

我在异国他乡不断地旅行，是否真的有意义呢？

"你刚刚说看到了门上的红色印记对吧？"桐井老师问道。

"对。"

"据我所知，有十多户人家被画上了红色印记。有些人因为害

---

* 猎巫：原指搜捕女巫与巫师或施行巫术的证据将被指控的人带上宗教审判法庭。今日此类事件被视为一种道德恐慌及政治迫害。——译者注

怕，搬到了其他地方。也有人把记号除去后，继续住在原地。镇上并非每家人都会主动告知街坊邻居自家有红色印记，说不定还有很多人隐瞒了。"

"听说四年前就开始有这记号了。"

"真是非常执着呢。"

"如果是小孩的恶作剧，那未免太过分了。"

"不管是小孩还是大人做的，如果只是为了恶作剧，没必要刻意闯入别人家中，在室内也留下红色印记吧。毕竟在门上涂鸦更轻松、安全。而且这行为持续了四年，由此可以看出，这绝对不是单纯的恶作剧。"

"最近好像又新增了许多……"

想象着大门上不断增加的红色十字架，我不禁打了个寒战。这座小镇如此阴森诡异，还是赶紧离开比较好。

"有件事不知道跟红色印记有没有关系，听说这镇上发现了好几具没有头的尸体。这座小镇萦绕着灰暗的色调，尸体就像是来自黑暗世界的礼物。"桐井老师边说着，边在胸前的口袋里摸索起来，接着他拿出四片没包装的饼干。"要不要来一片？"

"不用……欸，您为什么会在口袋里放这么多饼干？"

"不仅如此，据说还有很多人失踪，最后连尸体都找不到。"桐井老师没回答我的问题，嚼着饼干继续说道，"这镇上还发生过其他什么事吗？你有没有听说什么？"

"没有，除了红色印记和无头尸之外，其他一无所知……而且说到红色印记，那个人好像只留下记号，并没有盗取钱财，也没有毁坏物品。"

"这座小镇如此闭塞，就算盗取钱财，也会很快被发现。红色印记可能还有别的重要含义。"

我回想起红色印记的形状。

那个看似十字架的怪异记号。

"说到那个记号，老师，您之前见过这种形状的记号吗？"

"没有。"

"会不会跟宗教有关？"

"很遗憾，我对这方面没有研究。说不定跟这里特有的封闭信仰，或是新兴团体之类的有关。不管怎样，毕竟我不是相关研究者，只能从一个音乐家的角度发表见解。"

"那从一个音乐家的角度，您有没有看出什么？"

"如果是演奏记号，那个红色印记跟'forte'*有些相似。"

"'forte'？这么说确实有点像……"

"'强'——在门上写下'forte'——我懂了，也就是'请更用力敲门'的意思。"

"欸？"

"嘿嘿，我开玩笑的啦。好不好笑？"桐井老师一副假笑的样子说，"好了，说点正经的吧。"

"好。"

---

* forte，乐谱上表示"强"的记号。——译者注

"你见过家门上有记号的屋主吗？"

"没有。"

"那就好，为了安全起见，我要给你一个忠告。"

"什么意思？"

"这里可能有传染病。"

"传染病？"

"你知道你的故乡欧洲曾经大面积爆发过黑死病吗？"

"不知道。"

"你们这一代人不知道也正常，在海啸和洪水的摧残下，教育已经变得形同虚设。黑死病是欧洲中世纪至近代发生的传染病，在欧洲的土地上肆虐了长达三百年，堪称欧洲黑暗时代的象征之一。人通过老鼠和跳蚤感染鼠疫杆菌后发病，引发败血症后，皮肤会出现紫或黑色斑点，所以人们称之为黑死病。在没有抗生素的时代，这种病几乎无药可医，一旦染病就是死路一条。"

"黑死病这个名字我听过……可它跟门上的记号有什么关系？"

"当时因为没有有效的治疗方法，人们只好把患了黑死病的人隔离起来。因此，医生会在感染者家的门上留下记号，提醒正常人不要靠近。"

"真的吗？"

"没错。我不清楚当时是否用的红色十字记号。但你不觉得跟这次的事件很相似吗？看到门上的记号，我最先想到的就是传染病隔离。"

"你的意思是，这里也爆发了黑死病？"

"不，不一定是黑死病。如果这个镇上真出现了传染病，那应该是其他类型的疾病。比如，感染脑髓的病原菌，随着病情的加重，头部会逐渐腐烂掉落之类的……"

"啊！"我不由得大叫了一声，"所以，无头尸就是这样形成的？"

桐井老师的分析，似乎同时解开了红色印记和无头尸的谜团。我恍然大悟，原来整座小镇充斥着一片死寂，是为了避开传染病……

但是，这样一来，就表示镇上的人都了解红色印记的含义。可尤里并不知情。

莫非只有向我透露过红色印记相关消息的尤里，不知道传染病的事情？

"这只是我个人的胡乱猜测。"桐井老师看穿了我的想法，继续说道，"倘若真发生那么严重的传染病，镇上的人不可能毫无察觉。如果大家都知情，那没有理由瞒着我们。因为我们一旦感染疾病，就会变成行走的感染源。所以相比隐瞒，坦诚地告诉我们才更妥当。就算因为某种理由无法公开，也会把我们当作感染者隔离起来。说不定会把我们关到某个地方，对我们进行检查，或者二话不说把我们处理掉。"

"处理掉！"

"第一，我从未听说过什么会让头颅腐烂的感染病。之所以说是我个人的胡乱猜测，也是出于这个原因。因为毫无根据。还有，在屋内画红色印记的行为很怪异。如果红色印记是为了标记感染者，也没必要跑到室内去画吧？"

"嗯，说得有道理。"

"说到底，这不过是一种可能性而已。我想提醒你的是，最好不要跟镇上的人有过多接触，我劝你休息几天，赶紧前往下一个小镇。克里斯。"

桐井老师神色淡然地说完，扭头咳嗽起来。

桐井老师的脸色很差，明明天不是很热，额头却渗着汗。铁青的脸颊上刻着极深的阴影，仿佛是将死之人。他的背极力地蜷缩着，痛苦咳嗽的神情，让人不忍再看。

桐井老师原本就患有肺病，任谁看都像一个濒死的病人。但这种病又不会立马致死，反而一直在死亡的边缘折磨着他。当意识到自己不得不与死亡抗衡的时候，桐井老师决心踏上旅程。即使面临死亡，也不失高雅的品性，着实令人折服。

他的病情比上次相遇时更严重了。我甚至不禁会想："他会不会是因为在这镇上染上了不知名的传染病，所以病情才会恶化？"

"老师，您没事吧？"

我战战兢兢地走到他身旁。可最终，我什么也做不了。就像以往那样，我只能待在一旁束手无策。

"不用为我担心。"桐井老师说完，做了个深呼吸。"我还不会死。我自己很清楚，还没到死的时候。"

"我帮你倒杯水吧？"

"不用了，还是继续说吧。"桐井老师顶着铁青的脸又咳嗽了一阵。

"克里斯，我有件事想问你。"

"问我？"

"嗯。"

桐井老师慢慢地上下活动肩膀，试图调整呼吸。外面的雨声也时强时弱，仿佛在配合他的呼吸。

"你认为'侦探'是什么？"桐井老师轻轻垂下眼眸，问道。

"'侦探'——就是正义。"我回答道。

"据说那个暗中留下红色印记的人叫'侦探'。"

"嗯，我也听说了。"

"有可能是那个'侦探'在镇上到处杀人，并把他们的头颅割了下来。"

"嗯……"

"你认为那是正义吗？"

"我不知道。"

不知为何，我有一种想哭的冲动。

怎么会这样？

"我们先把正义的话题放一边。毕竟那种东西从一开始就是虚幻的。如果你的心中存在一幅海市蜃楼般的幻影，那也无妨。至于潜伏在小镇某个角落里的'侦探'究竟是什么人物，还是个有待确定的问题。我在想，你对侦探小说这么熟悉，或许能知道点什么。"

"我所知道的'侦探'，个个都聪明过人，拥有出色的洞察力、优秀的体能和耐力，他们意志坚定，绝不会轻易饶过罪犯，对于复杂的谜题，拥有超高的专注力。但那都是'推理'中的'侦探'……而'推理'早已经消失。"

"我对书本和'推理'都没有太多研究。但对'侦探'的见解与你十分一致，我认为'侦探'是我们的伙伴。但这个镇上出现的'侦探'立场完全不同，这究竟是怎么回事呢？"

"'侦探'也是人，或许也有犯错的时候。"我苦闷地辩解道。

其实我没必要为"侦探"开脱。

"'侦探'真的存在吗？"

"不知道……"

就个人而言，我当然希望"侦探"真实存在。我们需要"侦探"，但我不愿相信这镇上发生的种种诡异事件都出自"侦探"之手。做出这种恶行的人怎么有资格被称为"侦探"？"侦探"疯了吗？还是从一开始就不存在什么"侦探"，只是有人假借他的名义？

如果能解开"侦探"留下的红色印记的含义，或许就能解开其他谜团。

为何要留下这种印记？

"被画上红色印记的住户，都还活着吗？"

"这点我也很好奇。我甚至怀疑，红色印记会不会是一种杀人记号，说不定能找出'住在画有红色印记屋子里的人必死'的法则。于是，我开始在力所能及的范围内展开调查。既然打算跟你说这些，自然要先调查一番。"桐井老师微微耸了耸肩，"但屋子被画上红色印记的住户大部分都还活着。不过，其中也有人下落不明，他们可能只是搬了家，离开了本地，但也有可能已经被杀了。总之，从结论来说，红色印记未必是杀人记号。"

杀人记号。

一旦被画上记号，就会惨遭断头——我起初也是这么想的，但事实上，这规则并不成立。十字架并非左右生死的记号。既然如此，那它到底象征着什么呢？无从猜测的现状，反倒令人心生不安。

我猛地想起一件事来。

"对了，来这小镇的路上，我看到一栋大宅着火了。"

"这我倒没听说。"桐井老师又咳了几声。

"是焚书吧？"

"应该是。"

"近年来，书本几乎都被烧光了，所以很少能看到焚书的场面。那栋屋子是不是真的私藏了书籍都很难说。"桐井老师说完，像是突然想起什么似的，稍稍提高了音调。"啊，对了。我听说政府派人来镇上到处搜查。因为跟你的传闻混在一起，我还以为他们把你跟政府人员搞混了。或许那些调查员真是为了焚书的事来的。"

"焚书和这个镇发生的怪事，会不会存在什么联系？"

"比如说？"

"门上的红色印记是政府的调查员留下的。如果他们还在搜查书本……门上的红色印记就是调查结束的记号，而没有留下印记的民宅就表示还未搜查。会不会是用来区分这个的？"

"不可能。"桐井老师毫不犹豫地否定了我的猜想。

"克里斯，你不认识政府的人吧。他们公开行动的时候很容易辨认，一般都会堂而皇之地从正面破门而入，才不会挨家挨户地暗中做记号。"

"哦？那相反……"我小心翼翼地压低声音，"会不会是镇上的人想隐瞒什么？"

"大家一起私藏书本？"

"有道理，他们戒备心那么强，可能有特别的原因。红色印记说不定是为了掩饰真相，转移他人的注意力。"

"如果整个小镇联合起来藏书，那需要极高的统率能力。但我在这座小镇上完全感觉不到联合的气息，镇民都出于不同的私人缘由小心戒备着。就算集体藏书一事为真，如果连我们的眼睛都骗不过，更不可能躲过政府的搜查吧？"

"说得也是……"我叹着气说道，"如果跟宗教、传染病、焚书都没有关系，那'侦探'究竟为何要在住户的门上留下红色印记呢？"

会不会像尤里所说的，"侦探"只是大人为了哄孩子听话而捏造出来的人物。最终目的只是为了吓唬孩子，实际上根本不存在什么"侦探"。红色印记也只是为了假装"侦探"存在而所做的布景。

又或者，"侦探"是更具寓言色彩的存在，代表着自然灾害。

94　少年检阅官

人们只是将单凭猛烈一击便会带来死亡的自然称为"侦探"而已。就像世界各地都习惯为飓风和海啸命名一般。

可为什么偏偏用"侦探"这个名字？这当中一定存在什么特别的原因。

"不管是什么原因，你不觉得它跟'推理'存在千丝万缕的联系吗？说到'推理'，那应该是你的擅长领域吧？"

"哪、哪有。"

我急忙否认。我所知道的不过是一些皮毛，桐井老师才是熟知"推理"的能人之一，这方面的知识比我更渊博。若非如此，我们也无法像这样进行交谈。

"如果这镇上发生的事跟'推理'有关——那接下来一定还会发生大事。因为'推理'本来讲述的就是有关死亡和毁灭的故事。"桐井老师歪起端正的侧脸，神色严肃地对我说，"克里斯，你要多加小心。"

这句带有预言意味的话，在我听来，充满了真实感。桐井老师的预言一向很准。

我点点头。

"但你也不用太过烦恼。不管发生什么，我们只要若无其事地路过这座小镇就行了。毕竟我们是外人，不能干涉太多。如此一来，镇上的人也只会静静地观望。我想对你说的就是这些，明白吗？"

"明白。"

"好孩子。"

桐井老师站起来，再次从胸前口袋里拿出一片饼干，朝我丢过来。我立刻伸手接住。

　　"这是给你的奖励，吃了能恢复精神。总之，别想太多。"

　　"谢谢老师。"

　　"好了，我该回去了。"

　　"您这么快就要走了？"

　　"反正还会相见的。"

　　桐井老师如同吟唱般说完这句话，轻轻挥了挥手。

　　他刚握住门把手，房间的电话响了。

　　我们瞬间陷入沉默，对视了一秒后，我拿起话筒。

　　"克里斯？"

　　是尤里。

　　"怎么了？"

　　"有个人说想见你们……"

　　"我们？"

　　我暂时放下话筒，看向桐井老师。桐井老师一面咳嗽，一面轻轻摇头。

　　"是谁？"我问道。

　　"是自警队的人。"

　　"自警队？"

　　我刚说出口，旁边的桐井老师皱起了眉头。

　　"这镇上没有警察。在这个警察形同虚设的年代，镇民自发成立了自警队。当然，这只是一个民间组织，没有任何强制力。不过——"

"他们好像知道老师在这里。说是找我们有事。"

"哎呀……一定是出了什么事。"桐井老师说着，将手放到门把上，"他们好像很讨厌我，我还是趁早离开好了。反正我也不想插手这些事情，我大概都能猜到他们要说什么，无非就是叫我这个外地人别多管闲事，否则给我颜色瞧瞧之类的。"

"老师，别太早下结论。"

门突然被打开。两个男人走了进来。

走在前面的男人个头稍矮，身穿藏青色运动外套，头发整齐地向后梳着，最大的特征就是那双锐利的眼睛和鹰钩鼻。与他的身型正相反，整个人散发着自信、傲慢的气场。看上去与桐井老师年纪相仿，或者说更年轻些。他把背挺得笔直，仿佛在强调自己强韧的精神。

他身旁那个男人神色柔和许多，脸上难掩歉意，长长的刘海遮住了眼睛。着装与旁边那个男人十分相似，但他没穿运动外套，只披了一件带有许多口袋的背心。看起来不像是自警队，倒更像是钓者。他有些不知所措，双手反复在腹部位置交叉又放下。

"两位请坐。"矮个子男人将桐井老师推回房间，拍了两三下手，"我们是专程来为迷茫的二位答疑解惑的。你们不用再困惑了。来，坐下，赶紧坐着。"

桐井老师带着不情愿的表情在床边坐下。我也老实地坐在了椅子上。

那个人在房间正中央，抱着胳膊，双腿打开站立。

"儿童猜谜时间结束，你们不用再猜疑什么了。异国少年，接下来是问答时间——好，你一开始在找什么？"

"那个……"突然被人指着鼻子，我有些焦虑。"你是谁？"

"真是个愚蠢的问题，不过也很实在。你问我是谁？听好了，少年，我是自警队队长——黑江。"

他以尖锐的声音回答道。回荡着雨声的寂静房间，仿佛突然被军人的号令与喧嚣所笼罩，兴许是因为这人的气场太过强大吧。

另一个人站在黑江队长身后，向我们点头行礼。

"初次见面，你们好，我叫要人，是自警队成员之一。"

"好了。"黑江队长迅速插话，"我既然给了你们提问的权利，那你们也得回答我的问题。放心，不是什么复杂的谜题，首先，请告诉我你的名字。"

"克里斯提安纳。"

"列斯托朗（restaurant）？"

"是克里斯……"

"你第一次可不是这么说的！"

"队长，是你听错了。"

要人从旁边插话道。但黑江没有理会。

"好吧，叫什么名字不重要，你会说日语就省事多了。接下来，那边那位——你不说也行，我都知道。你就是那个得了肺病的音乐家吧。听说之前在璃里惠家叨扰了一个月，她都告诉我了。你跟她早就认识吗？算了，你不回答也行，我都知道。璃里惠是你的学生对吧！"

"找我们到底有什么事？"桐井老师不耐烦地问道。

"等下，我可不记得什么时候给过你提问的机会。不过，我突然想起，祖父曾教导我，对任何人都要宽容。好吧，我回答你。我们此行的目的就是要消除各位对本镇的误解。误解会产生摩擦，而摩擦会产生憎恨。我不希望引发这样的后果，所以必须要事先防范。刚好我听说两位都在这里，所以特地来找你们。"

"好啊。"桐井老师按捺住爆发的冲动，语气平稳地说道，"那请你告诉我们，很多居民的门上画有红色印记是什么意思？"

"是'侦探'留下的记号。"

"还有呢？"

"就这样。"黑江队长果断地回答道。表情中透露着过度的自信。

"你没有回答我的问题。"

"我已经回答得很清楚了！'侦探'有时会从森林出来，在居民家里留下记号，仅此而已。'侦探'留下记号，就像刮风、潮起潮落一样自然。"

"那'侦探'为什么要留下记号？"

"为什么？"黑江队长朝要人瞥了一眼，"你觉得是为什么？"

"不知道……"要人歪起头。

"你也不知道？"

"我不是不知道。"黑江队长将头发轻轻拂向脑后，"你们知道月亮为什么升起吗？知道草为什么会随风而动吗？它们的存在本身就没有理由。这就是困扰你们许久的谜团的答案。"

他的意思是对镇上的人来说，"侦探"的行为是一件理所当然的事情，就像是大自然的一部分？

黑江队长等同于没有回答红色印记和"侦探"的问题。但他也不像是有所隐瞒。恐怕连他们自己都不知道是怎么回事。对他们来说，"侦探"留下记号是一种已经日常化的自然现象。虽有点难以理解，但对于这个封闭的小镇来说，并非不可能。我们只是误入了一个风俗奇特的小镇，仅此而已。如此想来，似乎也没什么可怕的。

这就是黑江队长想传达的吗？

"不过，我还有个问题——"

"等等，你已经问完了，接下来轮到我提问。"黑江队长厉声制止了桐井老师。

"你们有没有带违禁物品到这个镇上来？"

"怎么会！"桐井老师故意睁圆了双眼，"除非你们认为领带也是违禁物品——"

"我说的不是那种东西。我不管你们是反政府主义者，还是黑手党。总之，不许你们在镇上添乱子。这不是忠告，而是命令。想必你们也知道，先前有个村子因为私藏书本被烧成灰烬。我希望你们不要让政府产生这方面的误解。懂吗？"

"懂。"我乖乖地点头。

黑江队长虽然有点不讲道理，甚至性格有些怪异，但或许他内心是正直的。

　　在他们看来，突然闯入封闭世界的外来者，要比已经日常化的"侦探"更令人不安吧。

　　"接下来轮到我提问了吧。"桐井先生深得要领似的说道，"你们两位见过无头尸体吗？"

　　"见过。"

　　"如何处理的？"

　　"就当作自然死亡处理。"

　　"你是在开玩笑？"

　　"我从来不拿人的生死开玩笑。"黑江队长神色严肃地说道，"我们只能这么判断。如果他们不是自然死亡，那又是什么？既不是事故，也不是疾病，难道是被人谋杀，然后砍下头吗？不可能。绝对没有这种事。这个世界绝不可能发生这种事！死亡怎么可能会出现在我们身边。"

　　"但是现在……"

　　"不接受异议。"

　　这些人极度忌讳死亡，但他们所需要的，恰恰是正确理解死亡。

　　"'侦探'难道不是在杀人？"我在一旁插嘴道。

　　突然，黑江队长惊愕地睁圆双眼，立即瞪向我。

　　"如果你指的是'侦探'抹杀在森林中迷路的人——那也算是自然死亡。"

"不对，这是杀人案。"

"少在这胡说八道！少年，你懂什么？"

什么都不懂……

他们跟我们好像是不同世界的人。

在他们的世界里，"侦探"时常趁着夜色到处留下红色记号，即便早上出现无头尸体，也没人在意。没有人知道"侦探"的身份，更不可能知晓"推理"。小镇的人就这样日复一日地过活。

在他们眼中，"侦探"究竟是怎样的存在？他一定有着超凡的地位，但又不足以称之为神。因为他们既不尊敬，也不崇拜他，只是畏惧。说到底，"侦探"这个人是真实存在的吗？难道不是他们为无法理解的现象，刻意冠上"侦探"这个虚构名词，借此获得少许理解吗？

他们不知何为杀人事件，没有人给他们灌输杀人事件的信息。他们甚至无法接触到"推理"。所以才会无法理解眼前发生的杀人事件。

出于自卫的本能，他们试图利用"侦探"这个架空人物，去解释这些现象。一切都是"侦探"干的。那是一种万物有灵论，"侦探"就相当于土著精灵。

于是，他们将自己无法理解的事件——死亡——解释为"侦探"所为。镇上出现的神秘红色印记，也归咎于"侦探"。大人们甚至将它作为让小孩听话的工具。

但是，那是他们的想法。

了解"推理"的我，无法视若无睹。

他不是精灵，而是活生生的人。他因某种目的留下红色印记是事实。

而有人杀死镇上的人，并将其头颅砍下也是事实。

唯一让人感到不解是，为什么要选择"侦探"这个名号。他们不懂"推理"，自然不了解犯罪。这样的人会想到"侦探"这个词，实在让人无法理解。

也就是说……凶手是个懂"推理"的人？

"下面轮到我提问。"黑江队长重新整理好情绪说道，"两位准备何时离开本镇？"

"等季节更替的时候吧。"

桐井老师的语气让人摸不透是认真还是开玩笑。但应该是认真的。

"我还没决定……可能要再过一星期。"

"是吗？"黑江队长露出释然的表情。

"接下来轮到我了。"桐井老师说，"克里斯，你有没有什么想问的？"

"有，那个……"突然被抛来话题，我有些诧异。"对了……黑江队长有没有见过'侦探'？"

"没有。"

"我见过。"始终在一旁默不作声的要人开口了。

"欸？真的？"

"嗯。我走到森林附近的时候——"

"要人，不许多嘴。"

黑江队长厉声制止，要人挺直背脊从命。

这时，要人的胸前口袋附近传出一阵杂音。他慌忙从口袋里取出黑盒子，是个无线对讲机。他将其放在耳边，背对着我们小声讲话。接着迅速转身，将对讲机交给黑江队长。

"队长，野户呼叫。"

"野户？河那边出事了吗？"

"说是已经到达危险高度，可能因为昨天的大雨……"

黑江队长朝说话不紧不慢的要人瞪了一眼，同时向对讲机下另一侧的人下达指示。

"是洪水吗？"我悄悄对桐井老师说。

"应该是。"

"两位，我突然有急事，先走一步。要人，后面就交给你了。"

黑江队长迈着响亮的步子匆忙走出房间。留在原地的我们则凝神倾听着如狂风骤雨般消失的脚步声。

"刚才真是抱歉，队长那种态度……"要人满怀歉意地低下头，"他总是很忙，不过是个十分可靠的队长。"

"刚才，你说你见过'侦探'？"桐井老师转回话题。

"是的……"

"'侦探'长什么样子？"我问道。

"看起来不像是人，而是什么东西的黑影……他的脸也是一片漆黑。不对，我也不确定那是不是脸。总之，应该是脸的位置，黑乎乎的，什么也没有。全身上下都是黑的……不过，他有脚，所以，应该是与人相近的生物。'侦探'没有发现我,独自消失在了森林里。"

"'侦探'住在森林里吗？"

"是的。"

"大家都知道这件事吗？"

"不，很多人不知道。并不是所有人都知道'侦探'的存在，也有人完全没听过。不过大多小孩都知道，因为有传闻说，做了坏事'侦探'就会来砍头。"

"要人先生对'侦探'了解多少？"

"我一点也不了解，但我认为，所谓的'侦探'，应该是某种随处可见的东西。"

"随处可见的东西？"

"就像是这个世界自然形成的，或者说是出于某种因果关系……总之，'侦探'就是环绕着这座小镇的森林。"要人神色严肃地说道，"这座小镇四周是一片巨大的森林。想必两位都知道，镇上只有一条道通往外面。"

从未听说过啊……那一定是我来的那条道。

"我觉得，森林里不时发现尸体并不是什么不可思议的事情，而是自然循环中出现的极其自然的现象。"

"那你所见到的'侦探'到底是什么？"

"是代替森林执行其意志的存在吧。也就是我所看到的那个黑影。"

要人的语气十分坚定，"侦探"的存在理由，在他心里已经根深蒂固。但相比黑江队长，这种斩钉截铁的直觉式推测，完全没办法让人信服。

"森林是条界线，将我们居住的世界，与满是废墟的外界隔离开来。森林的存在有着重要的意义。而'侦探'应该就是它的具象化形态吧。"

他不懂"推理"，"侦探"绝非如此。

这座小镇在某方面存在严重偏差。不，或许不只是这座小镇，整个世界都开始偏离正轨。

"还有什么其他想问的吗？我跟队长不一样，我愿意回答你们的任何问题。其实，我很欢迎你们的到来。因为这里已经很久没有外人到访了。"

"既然如此，那希望你们别再监视我了。"桐井老师冷笑着说道。

"果然被你发现了。不过这也是没办法的事情，毕竟音乐家曾是反政府主义者的代表人物……"

"虽然存在严重的误解，不过不可否认。"

"但很多人不这么想，请你多多包涵。"

"我没放在心上。"桐井老师以若无其事的语气说道。

"镇上的人几乎都不跟外界交流吗？"为了缓和气氛，我向要人问道。

"是的，只有车辆会把零件送到镇外，不过也只是一个月两次。"

"零件？"

"没错。几乎所有镇民都靠制作'都市'使用的小零件来维持生计，食物全是自给自足，大部分事情都可以镇里自己解决。外面的事，我们可以通过广播了解。所以完全没必要出去，也没人想出去，除了孩子。等长大后，大家也就对外面失去了兴趣，因为他们知道，外面没有什么可憧憬的东西。"

"你呢？"

"我……也没什么兴趣。不过对你们倒有些好奇。方便的话，下次可以跟我说说外面的事情吗？"

虽然还有很多问题想问，但他必须要随队长去视察河川的状况，我们只好目送他离开。我不清楚他们担心的那条河的具体位置。不过，这家旅店应该没事吧？我虽然喜欢游泳，但可不想和小镇一起沉入水底。

"看来没办法做个事不关己的旁观者了呢。"

桐井老师露出疲倦的笑容。

"对了，老师。"我扭头看向桐井老师，"您住在哪里？刚才提到的学生……"

"我知道如何在旅途中寻找免费的落脚点。"

大约十分钟后，一位长发女子撑着伞前来迎接桐井老师。他们在旅店门口轻声交谈了片刻后，便在伞下依偎着踏上了雨中的红砖路。桐井老师回过头，朝我挥了挥手。

是谁说不要跟镇上的人有太多牵扯来着。

我回到房间。

发现桐井老师的小提琴落在了我的床上。这冒失的性格，却真让人讨厌不起来。

第三章　断头湖

无聊地在床上躺了一会儿，尤里来到了我房间。这里除我之外没有别的旅客，他似乎有些无所事事。由于镇民对外来者敬而远之，这里逐渐也见不到旅客的踪影。如今，像样的旅馆，也只有这一家。

"你听说过这一带有什么特别的宗教吗？"我向尤里打听道。

"宗教？是指向神祈愿之类的吗？没有什么特别的，根本没有人祈愿。"

"这样啊……"

从红色十字架记号描绘的地点和方式，能明显地感受到宗教信仰。此外，从镇民极度避讳死亡这点来看，即便存在什么特殊宗教也不足为奇。红色印记能让人联想到某种仪式，但从没有危害这点来看，似乎可以归结到观念性的动机上。但是，镇上无人知晓红色印记的含义。也就是说，那不是反映地方风俗的宗教。如此想来，该不会是有什么崇尚恶魔的秘密组织潜藏在世界各地，最近才来这里扎根吧……当然，前提是得有这样的组织。

"你还在想红色印记的事？"

"嗯……"

"何必费那么大劲去想呢，等别人告诉你答案不就行了。"

“可是，谁会告诉我答案呢？”

“不知道。”尤里满不在乎地说完，将脸凑到我耳边，“克里斯，你见过书吗？”

“没有。”

“我也没见过。不过，我一看到你，就会想起那些爱书的人。他们在我还小的时候，经常在我家借宿。他们跟你一样，总是有各种烦恼。我很喜欢他们，因为每个人都对我很好。说什么书会传递残酷的信息，使人性变得残暴，肯定都是骗人的。”

“我也这么认为。”

“克里斯，你不是跟他们一伙的吗？那你应该也偷偷藏了书吧？其实你不用藏，我不会告发你的。”

我摇摇头。

“我真的没有书，也没见过。不过，我爸爸跟我讲过很多有关书的知识。”

“这样啊……那真是遗憾。还想着如果你有书的话，可以让我开开眼界呢。我好想看看书长什么样子，哪怕一次也好。书里有很多故事，只要抱着书，就能接触到不同世界的知识，最适合我这种坐轮椅的人了。”

“好难得啊，你居然不讨厌书。”

“那是当然。那些讨厌书的人，大多都已经被广播洗脑了。”

尤里嘟起嘴说道。如今，没有人再指责洗脑广播的事情。他们已经沉浸在电波另一端的这个安逸平和的世界里。没有暴力、令人安心的世界信息，没有血腥、凶器，更不会存在无头尸的世界。

广播基本上不会播放创作物。一旦政府出面管理，就绝对不可能与娱乐沾边。电视也和广播一样，处在严格的管控下。大多时候，播放的都是一些柔缓的治愈性自然风景。但这座小镇原本收不到电视电波，按理说应该没有电视才对。即便有，其信息价值也远不及广播。

对于从一开始就没有接触过书本的人来说，他们或许感觉不到书本的重要性。甚至还会对日常提供各类信息的广播心怀感激。他们会满足于现状，是因为他们不知何为创作物——故事。他们几乎被剥夺了所有接触创作物的机会。这一切都是事实，但这个"事实"或许只是检阅局一手捏造的故事。但不清楚故事的人，根本无法区分现实与虚构。

我们处在无书的时代。同时，也可以说是，只有完美事实、不存在故事的时代。

"所有书本中，我最喜欢'推理'。"

"'推理'？那是怎样的故事？"

"解开神秘谜团的故事。"

"所以，你也想解开红色印记的谜团吗？"

"嗯……应该是吧……"

我不知该如何回答。我只是因为喜欢"推理"，才会对眼前的神秘事件充满兴趣。自己还有事情必须要完成，某处仿佛有个声音在呼唤我。但我不能抛下眼前的谜团离开。那不只是好奇，而更像是使命感。

"大家都说红色印记是'侦探'留下的，可实际有人目击到'侦探'画记号的现场吗？"

"很多人目击到了啊。"

"那个'侦探'长什么样？"

"听说天太黑，看不清楚。目击的时间都是在黑夜。加上'侦探'穿着一身黑衣，从来没有人看清过他的样貌。"

"没人正面见过'侦探'吗？"

"据我所知……只有一个人。"

"欸？有吗？"

"有一个小男孩，他说在森林里遇到过'侦探'。"

"现在还安然无恙？"

"嗯，他才七岁，有一次在森林里迷了路，几天后才回到家。要知道，一旦在森林里迷路，就算是大人也不可能回得来。可那孩子却平安归来。打听后才知道，他在森林迷路之后，遇见了'侦探'，是'侦探'把他送出了森林。"

"遇见了'侦探'却没被砍头？"

"对……那孩子说'侦探'一点也不可怕。"

"他现在还活着吗？"

"当然啦。我和他在同一所医院看病，虽然现在我只需要半年去一次就行了。刚开始他一直不肯聊'侦探'的事，但后来我们成为朋友后，他就把详细经过告诉了我。"

尤里讲述起了从朋友那里听到的故事。

那是个不可思议，且令人毛骨悚然的故事。

有一天，男孩将一名倒在路边的女孩偷偷带回家，开始了奇妙的同居生活。但女孩身体越来越虚弱，最后到了回天乏术的地步。由于男孩向父母隐瞒了女孩的存在，他变得无计可施。为了救女孩的性命，他只好向"侦探"求助。

这故事的不可思议、毛骨悚然之处在于，女孩藏在男孩房间里时，明显已经是一具尸体，而且尸身已经支离破碎。至于女孩为何会变成这样，原因不明。但至少男孩提到过自己将女孩零散的尸体塞进书包。进入森林寻找"侦探"时，男孩带上了装有女孩尸体的书包。除非女孩已变成零散的状态，否则是绝不可能做到的。

听起来像个虚构的故事。但七岁的男孩应该不会编这种故事。完全是个没有答案的神秘故事。故事的最后，少女被"侦探"救活，消失在了湖畔。

我越来越不明白"侦探"存在的理由。"侦探"会对善良的人施以援手，同时也会砍下坏人的头颅吗？若是如此，那他是如何区分好人与坏人的呢？他总不可能监视镇上每个人的举动吧。

"这么说，'侦探'会砍下坏孩子的头是真的？"

"假的吧。大概……欸，克里斯，你怎么了，看你脸色不太好啊。"

"我怕他来把我的头砍了……"

"放心啦。"尤里笑出了声，"实际上这里并没有小孩被砍头。刚才的故事也是啊，我从没听说过'侦探'会杀小孩。虽然我不清楚原因。"

"不杀小孩？"

这时，房间的电话响了。今天这是第几次了？我被铃声吓得差点跳了起来，但还是极力掩饰内心的惊恐，冷静地拿起话筒。

"克里斯吗？"

粗狂的嗓音在话筒中响起。

"是，是的！"

来电话的是朝木老板。为了配合他，我也跟着提高了音调。

"尤里在你那吗？叫他接电话。"

我把话筒交给尤里，他当即露出厌烦的表情。

"看看现在几点了！这么晚了还不睡觉，又想把身子搞坏吗？"

即便隔着一段距离，朝木老板的说话声依然听得一清二楚。我慌忙坐回到床上，尽力转移自己的注意力，不去听两人的对话。

两人在电话里争执了数分钟后，尤里才筋疲力尽地挂断电话。

"我老爸真是够啰嗦的。"尤里面带苦笑地说道，"我看别人家的父母都没有这么烦人，为什么就我家这样呢？是因为原本是外人吗？"

我十分羡慕尤里。

记忆中，父亲从没有对我生过气，也没有责备过我。他只会在称赞我，或是谈论书和"推理"的时候和我说话。所以，我总是极力让自己表现得中规中矩，以博得他的赞扬。此外，我还会想办法缠着他给我讲"推理"的故事。因为我觉得只有这样，才能引起父亲的注意。如果父亲还在世，我依然会这么做。所以，看到尤里能轻而易举地惹他父亲生气，我真的很羡慕。不过，朝木老板的确比普通大人情感更细腻，尤其在这个年代，大人对他人的事情漠不关心已是常态。

"我爸一直催我回去睡觉，烦死了。那我先回房间了。克里斯，你也早点睡吧。"

"我送你回房间。"

我推着轮椅走出房间。

刚走到大厅，便听到外面一阵嘈杂。我和尤里面面相觑。他率先反应过来，将轮椅挪到靠近门口的窗边，掀开窗帘。

"马路上聚集了好多人，出什么事了吗？"

"莫非又有哪家被画上了红色印记？"

我站到尤里身旁，看向窗外。光线太暗，看不太真切，依稀能瞧见路灯下有数个人影。

"我们去看看。"

"我就不去了。我爸会生气的，而且我去了也只会添麻烦。"

"不会啦。"

"算啦，你一个人去吧。"

我思考了片刻，接着一个人穿过大门。

我冲到昏暗的马路上，朝声音传来的方向跑去。仔细一看，一个男子坐在马路中间嚷嚷着什么。看热闹的镇民将他团团围住。路灯的光恰好照在那男子的头上，宛如一盏聚光灯。为避免被发现，我尽可能低调地躲在远处的阴暗处，眺望这奇妙的光景。

"我真的看到了……"

位于中央的男子狂乱地叫喊着。短短的发丝愤怒似的撑起，稍黑的脸颊扭曲着，露出惊恐的神色，如同一具刚从墓中复活的尸体，眼中布满了血丝。

"喂，你到底看到了什么？"人群中有人提问。

"不知道——可是我确实看到了。"男子声音颤抖着说道。

旁观者冷静的表情，恰与那男子的癫狂形成鲜明的对比。这就是镇民们的真实写照。即便有人告诉我，他们都是守墓人，我也不会感到惊讶。无论发生什么，他们都不会为之所动，仿佛内心和时间都静止了一般。位于中央的那个癫狂的男子，反倒显得不正常。

"来个人把他送医院去吧。"

"等等，等等。我没有疯。"男子拂开周围的手，"我真的在森林里看到了，那是——没错，是鬼。是个女鬼。"

旁观者中有人发出近似失笑的叹息声。男子越是想辩解什么，模样越是滑稽。

"我从头说起，我会讲清楚的，请你们听我说。我本来是去查看河川的状况，到那里发现河水基本已经退了，于是打道回府。刚到家门口，却发现有个奇怪的人站在那里，那人手上提着红色油漆罐，正要潜入我家。"

男子说完后，周围的人陷入沉默。

"——你亲眼看到了？"

"没错。但他很快逃走了……那人披着黑色斗篷，全身同夜色一样漆黑。"

"是'侦探'！"某个听众惊呼道。

"那后来呢？"

"我上前搭了句话，结果那人迅速地逃走了。我在后面追了一阵，那人跑进了森林。我犹豫了一会儿，最后还是继续追了上去。不过，森林是他的领地，我很快便跟丢了……"

"你刚才说的'女鬼'是在哪里出现的？"

"那是之后的事情。黑色斗篷人物消失后，我在森林里查探了一翻，然后……我看到……一个浑身惨白的女人站在幽暗的森林里……她向前走去，仿佛在引诱我前往森林深处……但下一秒，她突然从我眼前消失了。"

"消失了？"

"没错，消失了。'嗖'地一下就不见了人影。我没有眼花，她确实是在我眼前消失的。"

"真的是个女人吗？"

"从身影就能看出来。她留着长发，身上类似裙子的东西不断飘动。然后很白……总之就是浑身惨白。"

不安的情绪开始在周围的人群中扩散。几个人走近男子，将他扶起。并讨论该把他送到医院还是自警队。其余听众则悄声谈论着"侦探"的事情。

"'侦探'果然是鬼。"

"不对，'侦探'才不是女鬼。"

"管他是什么，反正是怪物没错了。"

"不是人……他肯定不是人……"

当中似乎没有一人知道"侦探"的真正身份。

趁他们还没发现之前，我悄悄离开了现场。

"红色印记是血的颜色……"

目击者神志不清的呢喃声，从背后传入我的耳中。

我急忙回到旅店，走向在大厅等候的尤里。

"怎么样？克里斯，你的脸色又很差。"

"有……有鬼……"

"冷静点。"

"有个男子说，在森林里……看到了鬼。"

"哦，那个我早就听说了。"尤里不以为然地回答道。

"你也知道？"

"森林里走出一个鬼，在森林深处引诱人们，然后突然消失的传言吧。"

"真的有鬼吗？"

"这我也不清楚。不过有好几个人遇到过。"

这世上真的有鬼吗？

根据那男子的说法，他追着企图留下红色印记的黑色斗篷人物——据说是"侦探"——进入森林，眼前冷不丁地出现一个女鬼，紧接着又突然消失。这么说，女鬼和"侦探"、红色印记存在着某种联系？还是说，毫无关联？有没有可能鬼就是"侦探"？"侦探"脱去黑色斗篷，里面就是那个白衣长发女子——

不过，那女子是如何突然从眼前消失的呢？能做到这一点的，也只有鬼了吧。

"侦探"与鬼……

这座小镇到底是怎么回事？

红色印记之谜与无头尸。

"侦探"的存在与白色女鬼的现身。

"克里斯，你没事吧？你怕鬼吗？"

"不、不会啊。我没事。"

"但这样一来，谜团就解开了，也挺好啊。"

"解开？"

"说到底，这一切都是鬼干的好事对吧？解决了，解决了。"

"谜团并没有解开。"

"为什么？"

"因为最终结论是鬼。"

"鬼不算解开谜团吗？"

"不算。"

"如果不是鬼做的……"

话还没说完，尤里突然按住胸口，蜷缩起身子。一开始我还没反应过来，只是呆呆地看着。等听到他痛苦的呻吟声，这才意识到可能是发病了。我跑到他身旁，抚着他瘦弱的肩膀，摩挲起他的背。

"怎么了？没事吧？"

"嗯……有点……"

尤里咬着牙，痛苦地回应道。

我跑进食堂，接着拐进厨房，倒了杯水，匆忙跑回来。我把水递给尤里，他痛苦地喝了一口水，这才慢慢有所好转。他用手压着胸口，闭上眼睛，慢慢调整沉重的呼吸。

"谢谢你。已经没事了。"

尤里露出坚强的笑容，以略带沙哑的声音说道。

"你还是回去休息吧。"

"说的也是。"

我推着轮椅，送他回到房间。

"不知道为什么。"尤里轻声嘀咕道，"我时常会想哭。"

我帮尤里盖上棉被。

"我死后，应该会立刻被拖去火化，然后倒进河里冲走吧。"

"你讨厌这样吗？"

"我讨厌死了之后，立刻被人遗忘。"

战争、海啸以及洪水夺走了太多人的性命，活下来的人在思想和生死观上，都与上个时代的人截然不同。将他人的死视为禁忌，人们变得毫无感情，每个人脸上都挂着绝望的笑容。因为他们习惯用这种笑容，取代所有感情。

可人就该在悲伤的时候哭泣。

"跟我讲讲'推理'吧。"

"嗯——那就讲《六个拿破仑》怎么样？一个男子到处破坏拿破仑像的故事。"

我向尤里细细讲述福尔摩斯的轶事，直至深夜。等他睡着的时候，我已经彻底忘了女鬼出没的传言。我小心地回到自己房间，像只疲惫的狗一样，缩成一团，很快进入梦乡。

某物敲击窗户的声音，让我从睡梦中惊醒。

还没天亮。手表怎么也找不到。我下意识地想去开灯，但房间里只有蜡烛，太过麻烦，我只好放弃。正当我纳闷为何会突然惊醒时，奇怪的声响再次传来。

咚咚……

好像是敲门的声音。

咚咚……

是窗户那边传来的。我顿时想起关于女鬼的谣传。虽然未能亲眼看见，但那惨白而模糊的身影依然清晰地浮至脑海。我可能还在做梦。是鬼。她凝视着我，试图引诱我走进森林。她徐徐靠近，铁青的脸贴在玻璃窗上，用指尖咚咚地敲着窗，呼唤着我。

不对，不可能有这种事情。

莫非躲在窗外的是"侦探"？他是来取我脑袋的吗？因为我是个坏孩子，他打算来割我的头。

神啊，求您救救我吧。

我用毛毯蒙住脸，在胸口画十字。不过我也不确定，这种时候十字架到底管不管用。因为"侦探"在小镇上到处画着鲜红的邪恶十字架。

咚咚……

咚咚……

啊，又开始敲了。

我战战兢兢地从毛毯中伸出头，窥视窗口。窗帘紧闭着，无法看清外面的情况。

我不敢发出任何声响，就这样一动不动地望着窗口。

敲击声戛然而止。

我再次盖上毛毯，闭紧双眼。

但已经完全没了睡意，剧烈的心跳声在耳边回响着。

敲击声没有再响起。

真的有人敲窗吗？或许是树枝被风吹动，打到玻璃窗上发出的声响。又或是挂在屋檐下的捕梦网*摇晃时，撞到玻璃发出的声响。还是说，是我听错了，从一开始就不存在什么敲击声。想到这里，恐惧感顿时消散了不少。

但一想到外面可能有东西埋伏着，我的内心就无比忐忑。必须要确定，窗外什么都没有。

我硬着头皮钻出毛毯，下了床。

---

* 捕梦网是北美奥吉布瓦人文化中的一种手工艺品，使用柳树来做框，中间编织着松散的网或蜘蛛网，可能搭配羽毛、串珠等装饰。梦网能够"捕捉"好梦，阻挡恶梦，有祈求平安并带来好运之意义，让人美梦入睡。——译者注

好可怕……

没事，肯定什么都没有。

我轻轻地拉开窗帘。

一片漆黑。

路灯已经熄灭，漆黑的夜色如湖水般平静。

不可能有什么。

我一边想着，一边定睛凝视，发现有个人形的黑影。

黑影的头如同山一样尖，应该是戴着连衣帽。连着帽子的斗篷，从头到肩，包裹住了整个上半身。漆黑的布料与黑夜融为一体，轮廓也变得模糊不清。那个漆黑的人影仿佛镶在了玻璃上一般，一动不动地窥视着我的动静。

那个人没有脸，戴着类似黑色面具的东西，窥不见任何外貌特征，只有那张"空洞的脸"。

我还没来得及发出尖叫，便已吓得往后翻倒，摔了个四脚朝天。

那——就是"侦探"？

为什么？

为什么？

为什么会到我这来？

突然，黑影动起来了。

"侦探"消失了。

仿佛真的融化在了浓墨般的夜色中一般。

我连忙站起来，与窗户保持距离，同时伸长脖子，搜寻"侦探"

的踪影。有个人影在黑暗中跑动。漆黑的斗篷下摆翻滚着，化作怪异的残影。不一会儿，黑影彻底消失在了夜色中，不管我如何搜寻，都窥不见一丝轮廓。

是来这旅店画红色印记的吗？

还是来取我脑袋的？

已经消失了。

我终于可以靠近窗口。

怎么办？我应该追上去吗？且不论刚刚那个人是不是"侦探"，至少对方应该知道点什么。

我快速地冲出房间。为了不吵醒尤里，我蹑手蹑脚地穿过走廊，拐入大厅，从正门溜了出去。外面正下着蒙蒙细雨，把夜晚的一切都淋得冰冷，森林的树木仿佛进入了梦乡，无比寂静。恐怖感已然消散，相比这个，强烈的使命感正驱使着我。作为这小镇上知晓"推理"的少数人之一，我必须要揭开"侦探"的真面目。

我必须要这么做。

我冲到屋外，绕到旅店的背面。朝我房间的窗户位置走去。脚下杂草丛生，根本无法确认足迹。只能看到部分杂草被人踩踏过的痕迹。说不定，这些都是雨露造成的。没有任何可以称之为线索的东西。

我凝视着"侦探"消失的黑夜。

那里是森林。

我应该去森林里吗？

据说，森林里住着"侦探"，会把坏人的头颅砍下来。

那我是好人还是坏人呢。

答案是坏人。

在身边人将死的时候，我一次也没能救回他们。在某些事物即将要失去的时候，我一样也没能保住。所以，我是坏人。

我的使命感和气势顿时被削弱。眺望着眼前广袤而幽深的森林，我有种即将被吞噬的窒息感。那种感觉不同于深海的幽暗与深沉，而是一种毫无神秘感和神圣感的巨大黑暗。

我逃也似的回到房间。头发和衣服已经湿了一小部分。我沮丧地坐到床上，顿感自身的无力。无暇顾及逐渐冰凉的身体。或许我什么都做不了，只能默默地离开这座小镇。本满心欢喜地以为，已经找到了消失的"推理"的遗迹——

咚咚……

咚咚……

突如其来的声音把我吓了一跳，我再次从床上跳起。

"侦探"又回来了？

我看向窗口，窗帘依然开着，没有任何变化。

"克里斯。"

有人叫我。

窗外突然冒出一张人脸。

"啊！"

"小声点，是我啊，克里斯。"

是桐井老师。

"老师！您怎么会在这里？您在做什么！"我的呼吸变得急促起来，"吓死我了……"

"重逢的时间提早了。不过，你这么晚还没睡？克里斯，熬夜可不好哦。"

桐井老师脱下鞋，从窗户爬进屋里。

"老师，您还好意思说我……啊，等等，别爬窗户进来啊。"

"情况紧急嘛。"

"你是想说小提琴不见了吧？"我把小心收在床底下的琴箱拿出来，递给老师，"来，给您。这么重要的东西，您就不能多费点心，好好看着？"

"啊，果然在这里。谢谢——不过，这不是重点。"

"不、不是重点？！"

"镇上的情况有点古怪。"

"'侦探'出现了！"

"你说什么？"

"你说什么？"

"'侦探'出现了？是真的吗？"桐井老师抱起手臂，像是想到什么似的，突然睁大眼睛。"原来如此，我察觉到的异样，说不定跟'侦探'有关。'侦探'去哪了？"

"消失在了森林里。"

我简单说明了遇到"侦探"的经过，慢慢地，我也开始觉得有些怪异。"侦探"为什么要来敲我房间的窗户?"侦探"消失去了哪里?他似乎想引诱我进森林。"侦探"知道我吗?

"他没有伤害你吧?"

"没有。看到我发现他后,他立马就逃跑了。"

"这样啊,你没事就好。从你的描述来看,感觉这'侦探'有点消极啊,他只是到处留下红色印记,或者故意现身……也正因为如此,才让人猜不透他的用意。"

"老师,您怎么会跑到我这来?我以为'侦探'又回来了,吓我一跳。"

"不是说了吗,我觉得镇上有点古怪。"

"这小镇本来就怪啊……"

"不,这次有点不一样。说得具体点,是自警队的动向有些奇怪,他们包围了一栋民宅。"

"一栋民宅?"

"难不成,他们终于要动手逮捕'侦探'了?"

桐井老师手上拿着鞋子,直接坐到了我床上。桐井老师的脸色,在半夜看起来格外苍白,即便被错当成幽灵也不足为怪。他眉头紧锁、翘腿沉思的模样,如同思考中的幽灵。不过,穿着衬衫,打着领带的幽灵怕是不多见。

"逮捕'侦探'?可'侦探'住在森林里啊,他怎么可能会出现在民宅里?"

"克里斯,你什么时候也变成这镇上的居民了?你也被洗脑了吗？肯定是有人假借'侦探'之名，到处装神弄鬼而已。你不会真以为，'侦探'从丢失的'推理'中跑出来，一直住在森林里吧。即便现实真存在'侦探'，他也不是故事里的'侦探'，不过是个凡人而已。在镇民眼里，他就像是居住在凡间的神。但在我们这些外人看来，这不过是脱离现实的偶像而已。这点你应该能理解吧。不管你是浪漫主义者还是什么，这点千万别忘了。"

"那么……"我咬住下唇，极力搜寻合适的话语，"您的意思是说，有人在扮演'侦探'？"

"我们是这么想的。"

"自警队想逮捕这个人？"

"确切的情况我也不清楚。不过，最近自警队的动向跟以往不太一样。"

"那刚才出现在我窗外的'侦探'是？"

"可能从自警队的包围网逃出来了吧……也有可能他没发现包围网，只是在外面徘徊。"

"自警队出动也有可能是为了其他案件吧。"

"话是这么说没错。"桐井老师点点头，笔直地看向我，"那我们该怎么办？"

"怎么办——您不是说，别和镇上的人有太多牵扯吗？"

"我说过吗？"桐井老师开始装起傻来，"当然，这么说也在理。但现在是弄清事件真相的好机会。其实，我不应该来邀请你的，毕竟你还是个孩子。但你是为了寻找'推理'的遗迹，才来到日本的，若能因此弄清'侦探'事件的始末，也很值得不是吗？"

揭开事件的真相，这是"推理"中的固有情节。

对我来说，"推理"占据了我初始记忆的一部分。所以，我才想弄清"推理"是如何消失的。或许，因为我无法得知教会我"推理"的父亲临终时的情形，才想借此去补偿。父亲悲痛的声音夹杂在吞没我过去的海浪中，那是呼唤我的声音。

据说日本是"推理"最后消失的地方。在英国萌芽的花朵，一路向西，传播到了全世界，接着在遥远的尽头凋谢。但至少所有熟悉书本的人都知道，传言日本还留存着"推理"。尽管所有书本都已经消失，唯独"推理"依然存在。

"侦探"是"推理"中登场的英雄，曾是一种真实存在的职业。当然，如今已成为消失的历史。

今晚，说不定能揭开"侦探"的真面目。

或许，还能弄清"侦探"留下红色印记的目的，以及无头杀人案的真相。

"我们去看看吧。老师。"

"好。"桐井老师缓缓起身，把手放在我头上，"我不敢保证绝对不会遇到危险，说不定会关系到生死。即便如此，你也愿意去吗？"

"老师，您也太夸张啦。"

"我没有夸张。对方也是知晓'推理'的人，他懂得如何使用凶器。既然我邀请你去冒险，就有责任保护你。"

"没事啦，我已经不是小孩子了。"

"你明明就是个小孩。"桐井老师重新穿好鞋子，脚踩在窗框上，轻松地跳了出去。"跟上我。"

"老师，窗户可不是出入口。"

我从房门走出房间，拐进寂静的大厅，穿过大门走到屋外。接着绕到旅店后侧，来到桐井老师身边，我们一起踏上了红砖道。

天空下着蒙蒙细雨，我们仿佛被雨层层包围着。夜色已深，寂静的小镇完全沉浸在黑暗中。说不定居民们会溺死在这潮湿的黑暗中。可即便是溺死，也比一直被封闭在这黑暗的世界要来得幸福吧。

我跟在桐井老师身后，往前走着。他腿长，速度又快，光是追赶他就已经够呛，完全没有闲暇去注意走的是哪条路。天太暗，每当快要走散的时候，桐井老师就会停下来等我。不一会儿，一栋小小的老宅出现在视野中。

"克里斯。"桐井老师小声说道，"从这里往前，全都是自警队的人，尽可能不要被他们发现。"

"为什么？"

"我们是外来人。在镇民们眼里，我们是最可疑的人。肯定会引发一些奇怪的猜想，说不定还会认为我们跟案件有关。所以，还是要小心别被自警队发现。"

"啊，老师大人，您在这种地方做什么？"

"哇！"背后突然响起说话声，我吓得大叫了一声，"要人先生？"

不知何时，自警队的要人站在了我们身后。藏青色的帽子遮住了眼睛，身上的背心口袋塞得比白天还鼓。可能因为一直在室外走动，衣服都湿透了。

要人慌张地捂住我的嘴，招手示意我们躲到混凝土小屋的阴影下。

"你们这样很危险啊。"要人压低声音说道，"如果被人发现的话，肯定会怀疑你们的。"

"我们刚刚也是这么想的……"

桐井老师半弓着身子，小心地打探周围的情况。

"你们两个人打算去哪里？请解释一下。"

"我们在散步。"

"别骗人了。"要人叹了口气，"如果你们不说清楚，我就必须得把你们的事告诉给大家。好在你们最先碰到的是我，要是换作别人……"

"我们只是来参观自警队工作而已。"桐井老师一本正经地说道，"你们戒备的那间屋子，莫非'侦探'藏在里面？"

"欸？你说什么？"

要人露出惊愕的表情。

"你们不是打算接下来抓捕'侦探'吗？"

"是有这打算……但'侦探'不住在那屋子里啊。"

"那你们到底在包围谁的屋子啊？"

"一个目击到女鬼的男子。"

"啊。"

我又下意识地惊叫了一声。要人再次捂住我的嘴。

"小声点，突然大叫是怎么了？"

"我也见过那个男子。"

"嗯，这事已经闹得沸沸扬扬了。你也在那群人当中吗？"

"可为什么要盯住那个男子啊？"

"据说见过白色女鬼的人都会遭遇不幸。队长认为，白色女鬼说不定和'侦探'存在着某种联系。女鬼是'侦探'出现的信号。如果这个推测没错的话，那'侦探'一定会来到这男子家中。这是队长的主意。"

"原来如此，也就是说——比起去广袤的森林里寻找'侦探'，等着对方自投罗网更省事对吧。"

"没错。"

女鬼的出现是"侦探"现身的信号……或许这猜测是真的。今晚"侦探"就出现在了我屋外。虽然不清楚原因和目的，但就同自警队预测的那样，"侦探"开始活动了。

正当我犹豫要不要将遇到"侦探"的事说出来，桐井老师向我递来一个意味深长的眼神。可能他觉得保密比较好吧。我只好闭口不谈。

"不过，为什么自警队行动这么积极？"桐井老师向要人先生提问道，"你们的队长不是对'侦探'没什么兴趣吗？"

"队长也有些捉摸不透'侦探'的身份，包括队长在内，我们都对'侦探'一无所知。但其实队长对'侦探'的事情，要比我们想象中的更关心。他说先与'侦探'取得接触非常重要，所以这次就在这里等待接近的机会。怎么样？其实我们队长是个心思敏锐的人呢。"

我们在要人先生的带领下，向能够看到目标房屋的位置移动，最后在一个杂草丛处蹲下。因为天下着毛毛细雨，周围的草都被淋湿了，接触到皮肤的瞬间，顿感冰冷。周围一片漆黑。不过仔细看会发现，自警队员们手中的灯光，时而会像萤火虫一样闪烁。那是黑暗中唯一能捕捉到的东西。

"我想劝你们两个赶紧回去，但看样子你们完全没这打算，对吧？"

"没错，'侦探'被抓到后，镇民对我们外人的敌视也能得到缓和吧。"

"敌视？没那么夸张吧。"

"可'侦探'真的会来这里吗？"

"不行的话就改天再来咯。其实我们以前也蹲守过几次，但每次都扑空。"

"那个……"我突然插话，"跟我们说这么多不要紧吗？"

"没事啊，虽然我们自称自警队，但跟平民没什么区别。我们又不是什么秘密组织，之所以名字叫'自警队'，而没叫'自警团'，完全出于队长的喜好。以前也经常被人揶揄说是小孩过家家。其实我们也没什么过人之处，不过，非要说的话……"要人说到这里，思考了片刻，"也就只有一点，那就是，我们比其他人更热爱这片土地。自警队里的成员都很年轻，都是这镇上土生土长的居民。虽然我们是为了避开海啸，才逃到这里。但对于出生在这里的人来说，这里就是故乡。不论是小镇还是在这里生活的其他人，我们都不能放任不管。我恳求两位能助我们一臂之力。"

"抓到'侦探'后，你们打算怎么办？"

"我们只是想弄清楚。"

"弄清什么？"

"弄清我们所不知道的事。我们不知道的事情太多了，对于历史、未来以及外面世界发生的事，我们都一无所知。所以我们很困惑，我们的成长放弃了太多……除了年龄的改变，我们什么也没有得到。'侦探'会不会是想打开我们的眼界，才会在镇上做出这些行为呢？我们必须向'侦探'求教。"

"黑江队长也这么认为吗？"桐井老师嚼着饼干说道。

"啊，老师，你又在吃饼干！"

"你们也可以吃啊。"

"谢谢。"要人毫不客气地接下饼干，放进嘴里嚼了起来，"队长的想法跟大家不同。我们在这里埋伏，是为了见到'侦探'。但队长跟两位一样，想要抓捕他。我常常听不懂队长说的话。他曾说'侦探'的行为是一种犯罪。犯罪到底是什么意思？"

"就是犯下罪行的意思。"

"我不懂。"

要人也是不懂"推理"的人。这不是要人的错，也不是别人的错，谁都没错。

"假设我想割下你的脑袋，"桐井老师以平静阴沉的语气说道，"你觉得这是好事还是坏事？"

"我不知道，什么是坏，什么是好呢？"

要人眨了眨被刘海遮住的眼睛，歪起头问道。那表情，如同一个不谙世事的孩子。

"如果头被割下来，你会怎么样？"

"我应该会死吧。"

"你死了，就不能再保护这个镇。你是为了保护小镇和镇民，才加入自警队的吧？"

"是啊……"

"既然如此，如果你的头被割下来就麻烦了，你再也无法保护任何人。如果别人做了让你困扰的事情，那就不能算是好事。"

"对。"

"'侦探'就有可能在做这种事。"

"可是……"要人露出思考的表情，沉默了片刻。"'侦探'割下镇民脑袋的事，不过是传言，根本没人亲眼见到'侦探'下手，这不过是大家的臆测。无头尸应该是灾难的受害者，可能是洪水或者泥石流之类的造成的。但肯定不是人为的，人不可能会做那种事。"

对他们来说，会这么想很正常。如果我未能从父亲或书上得知"推理"的故事，也一定会赞同他们的看法。这是对尸体的认知差异。但我知道不懂"推理"的世界是怎样的。无头尸有无头的道理。

"如果割下镇民脑袋的是'侦探',那他为什么要这么做？有必要做这种没有意义的事情吗？"

"当然有。"我断言道，"断头的理由有很多种，基本包括……"

我正打算开始讲解，要人右手对讲机的信号灯闪着绿光。

"啊，稍等一下。"要人打断我的话语，拿起对讲机。"是，我是要人——欸？队长不在这里——是，我到这里之后，一直都是一个人——目前没有发现任何异常。"

要人说话期间，我仍在思索断头的理由。突然，一个想法猛然闪过。在这个没有"推理"的时代，在这种社会与文化都十分闭塞的小镇上，有多少人会去探索无头尸的真相？他们不会思考断头的原因，顶多将其归咎为灾难，或将其当成谣传。孩子们似乎认为断头是一种惩罚。但或许这只是大人们随意编造的用来吓唬小孩的老套说辞，真相并不在其中。

"推理"中的断头、无头尸存在一定的法则。但镇上的人并不知道这一点。所以，如果事件的根基中隐藏着"推理"的法则，那大家都只能在无知中生活。当然，必定会有人察觉到异样，并试着自行推理，黑江队长就是这样的人。然而，这就像不懂公式，却试图计算图形面积一样，完全不懂"推理"的人，很难根据"推理"的法则，解开事件的谜团。这镇上发生的案件都是神秘的"推理"事件。但糟糕的是，大部分人甚至都没察觉到这是凶杀案。

照这样下去，没有人能找到事件的真相。

罪犯利用仅有自己知道的规则，夺得第一。周围人却浑然不觉地加入比赛，并输给了他。

"这感觉有点不对啊。"结束对讲机通话的要人对我们说道。

"发生什么事了？"

"队长失踪了。他可能想单独行动。"

"非常有可能。"桐井老师坏笑着说道。

"真伤脑筋啊。队长可能已经察觉到了什么，只是一直没告诉我们，他每次都是要等到掌握真相后才肯说出来。"

简直就像"推理"中出现的"侦探"台词。

"队长没有指示，你们就不能行动吗？"

"也不是不能行动。不管怎样，如果'侦探'不出现，我们也就无计可施，只能在这里等。"

这时，对讲机的信号灯再次亮起。要人似乎已经设定成亮灯提醒。

"是，我是要人——欸？你是谁？听得见吗？"

要人不安地望向我和桐井老师。他的表情有些怪异。

"听得到吗？请说话——你是队长吗？是队长吧？"

"发生了什么？"我问道。

"对方不说话。"

在此期间，其他队员相继发来讯号，似乎都在相互告知有人发来无声通话。要人不断操作着对讲机。

"无法确定是谁发来的通话吗？"

"是的。现在各子机都有相应的频道。如果由我发出通话，可以选择对话的人。但如果是接受通话，在对方不说话的情况下，就无法确定其身份。"

"如果各队员都向黑江队长发出通话呢？"

"我们正在尝试，但没有回音……啊，联络上了。队长，听得见吗？我是要人。"要人忘了压低声音，大声呼喊道，"队长，请回答——嗯？"

"怎么样？"

"他说了些什么，但太含糊了，听不清。"

"借我听一下。"

桐井老师把对讲机抢过来，用食指抵住嘴唇，示意我们保持安静，接着将对讲机贴在耳朵上。

"……湖、边……"桐井老师说道。

"湖？"

"听起来是这样。"

桐井老师把对讲机递给我。我看着手中小小的机器，犹豫地放到耳边。

"……救……救命……"

"老师！"我顿时脸色煞白，"老师……怎么办？老师，这个。"

"怎么了？"

"他说'救命'……"

大脑一片空白。

痛苦的回忆如幻灯片般在脑中播放。雨天、黑色的车、军人、哭泣的女人以及父亲发来的无线电……我的手在颤抖，对不起，对不起。胸口好痛，如同被利刃刺穿。呼吸困难，宛如沉入深海……时至今日，依然有声音从漆黑的海底传来……

救命！

"克里斯。"桐井老师摇晃着我的肩膀，"怎么了，没事吧？"

"没、没事。"

"是真的。他在请求支援！"

要人毅然地站起身。

"'侦探'出现了！"

某人的呼喊突然响彻夜空。

自警队的队员一齐出动，吸饱雨水的空气仿佛突然被打乱，四处响起慌乱的脚步声，几栋民宅亮起了灯。我痛苦地站起身，由桐井老师牵着手，快步冲出杂草丛，跑向红砖道。我们穿过干涸的喷泉边，拐入混凝土楼房间的小巷。冰冷的雨打在脸颊上，我渐渐地清醒过来，开始梳理当下的事态。

"看，就在那里！"

有人大喊道。一个穿着与要人同款背心的人，指着夜空说道。

混凝土废墟的屋顶上。

一个浑身漆黑的影子出现在雾雨弥漫的夜空里。那既非幻象，也非幽灵。而是一个有血有肉的人。黑色的衣摆在潮湿的夜风中翻滚，隐约能看见两条漆黑的腿。黑衣下能清楚地辨出人的身型，但看不清脸，可能戴着黑色面具。

那就是"侦探"。

"侦探"站在屋顶的一角俯视着我们，仿佛在炫耀自己独特的地位。混凝土楼房并不算高，但"侦探"却像飘浮在高不可攀的空中。我们被"侦探"的气场所震慑，哑然失色地仰望着他。

除了自警队的队员外，附近也陆续有居民闻声赶来。

"欸，老师呢？"

要人往四周扫视了一圈问道。桐井老师不见了。刚刚明明还拉着我跑，会不会跟我们走散了？

"老师，你在哪里？老师？"

我不安地寻找起老师。很快，我在人群中看到了神色疲惫的桐井老师。他的脸色很差，可能是因为刚刚跑得太快。

"对不起，让你担心了。"

"您没事吧？"

"先别管我，'侦探'呢？"

听他这么一说，我回头望向混凝土楼房，发现"侦探"早已不见踪影。

"他好像下来了。"要人放下耳边的对讲机说道，"'侦探'现在朝森林去了。"

"森林！"

"我们去追他！"

要人冲了出去。自警队的队员们也跟在他身后，陆续跑了出去。但没有一个民众跟上去。

"我们也去吧。"

"可是，老师……"

"我没事了。"

我们小跑着跟上要人的步伐。红砖路凹凸不平，我好几次差点摔倒，幸亏桐井老师抓住我的衣襟，拽起了我。

穿越细长的红砖道路，视野豁然开朗，一片宽阔的原野跃入眼帘。雾雨已完全变成了雾，在原野上像云一样薄薄地扩散开来。而前方则是一片巨大的，名为森林的黑暗。自警队的队员们正越过雾海，果敢地向森林突进。

"不带任何装备，直接闯入森林，真的没事吗？"

我仰头望向身边喘着粗气的桐井老师。

"还是不要追太远比较好。"

桐井老师的脸上露出过于疲倦的神情。其实，需要担心的人不是我，而是桐井老师才对。我竟然连这点都没想到，真为自己感到丢人。比起"侦探"，现在更重要的是桐井老师的身体状况。

要人注意到我们，跑过来说道：

"你们还是跟来了啊。"

"是啊。'侦探'的动向如何？"

"我们跟丢了……不过，接下来会有几个人继续追踪'侦探'，前往森林的湖边。"

"森林里有湖吗？"

"对。刚才和队长的联络中，好几次听到湖这个字。队长应该是想告诉我们他的位置，他刚才一定就在湖的附近。"

"已经确定湖的位置了吗？"

"掌握了大致的位置。"要人拍了拍背心上的口袋，"我带了指南针，还有干粮，就算遇到困难，也可以撑一星期。"

"你们打算怎么做？桐井先生。"

"我跟在后面只会给你们添麻烦。"桐井老师弯下腰痛苦地咳嗽了一阵，"克里斯跟着自警队进去吧。至少，他们比我更熟悉森林。"

"不，老师不进去的话，我也不去。"

"可是你很想去吧？别管我，只是——"桐井老师在我耳边轻声说道，"把你托付给他，我有点不放心。"

"欸？你们刚刚说了什么吗？"要人略显不安地问，"我可以先走一步吗？这事刻不容缓。"

"先等一下。"

桐井老师制止了他。

正当我不知该如何是好的时候，远处传来呼唤我的声音。

"克里斯！你在这种地方做什么！"

粗犷的声音不由分说地朝我的后脑勺砸来。

我惊愕地回过头，发现是旅店老板朝木。

"害我找得好苦啊！半夜听到声响，还以为有小偷，谁知看到你跑出去了。你在做什么？现在可不是在外面瞎晃的时候！知道现在几点了吗？还以为你是个懂事的孩子，没想到比我家尤里还顽皮。真是让人不省心。"

"啊……"

我突然说不出话来。不过，老板能为了这点小事而担心我，我非常高兴。

"对不起……"

"好了，回去吧。"

"请等一下。"

我甩开被抓住的手。那一瞬间，朝木老板露出了惊讶的表情。或许我的态度看起来像是在反抗。我条件反射地说了句"对不起"。

"这场莫名的骚乱也跟你有关吗？"朝木老板讶异地朝我、自警队以及桐井老师扫视了一圈，"跟你说过多少遍了，别到处出风头，到头来只会惹祸上身，是不是？"

"你来得正好。"桐井老师似乎想到了什么，"这位先生，克里斯拜托你了。"

"欸？什么意思？"

"你对森林很熟吧？"

"还行吧，至少比那些小年轻要熟悉。好歹我家这十来年的柴都是在森林砍的。"

"我们猜测自警队的黑江队长很可能在湖边遭遇不测。"要人在一旁说明道，"能否请你带我们去湖边？"

"为什么突然讲这个呀？我是为了带克里斯回家才……"

"情况紧急！赶紧走吧！"

有朝木老板同行，确实可以放心不少。我们接下来必须去冒险，与虚弱的桐井老师和明显适合内勤工作的要人相比，体格健硕的朝木老板要可靠得多。而且他对森林也很熟悉，可以帮忙带路。

"只带你们进去就可以吗？然后我就可以回家了？"

"是的。"

"好，那走吧。"

"各位，接下来去湖边！"要人大声喊道。

我们将桐井老师留在原地，众人一起走进浓雾中。朝木老板似乎还没有弄清楚状况，不过能得到大家的信赖，他心情似乎还不错。走进森林前，我回头看了一眼浓雾中桐井老师的身影。与桐井老师分开，我心里十分不安。但又不能勉强他跟我们一起进去。

于是，我们走进了森林。

映入眼帘的所有事物，似乎都对我们抱有敌意。伸展到幽暗空中的尖锐树枝，盘踞在地面上的凹凸不平的树根，像是在对森林的入侵者发出恐吓。在浓厚的雾中，我突然失去了方向感。走着走着，发现四周全是粗壮的树干。光线越来越暗，为了不至于被要人和朝木老板甩下，我奋力地向前追赶。好害怕，有股想尖叫的冲动。不知何时会遇见"侦探"的恐惧，让我难以压抑胸腔中剧烈的心跳。

要人与朝木老板停下脚步，开始交谈起什么。周围自警队的手电筒，如同漂浮在空中的萤火虫。原本弥漫着混凝土与柏油等人工气息的雾，如今变成了浓重的大自然气味。要人从口袋里拿出指南针，开始调整方向。朝木老板则利用手电筒的灯光，给大家下达指示。

"走了，克里斯。"

朝木老板拍拍我的肩，我被推着往前走去。

越往森林深处走，越有种脱离现实世界的感觉。我该不会是在床上做梦吧？

充斥视野的雾，在手电筒的照射下变成浑浊的白色，将四周变成充满虚幻色彩的光景，即便触碰到，也毫无感觉。触觉的缺失，更让人缺乏现实感。

不知不觉间，我们已经走在了前方。扭头看去，点点灯火在四处闪烁着。

"雾这么浓，不方便再往前了。"朝木老板以不耐烦的语气说道。

"开始起风了，雾应该很快就会散了。"

"希望如此吧。"

要人和朝木老板一边交谈一边往前走着，我则紧紧地跟在后面。

穿过无数漆黑的树干，我们不断前进着。那片湖似乎遥不可及，我们会不会一直在原地打转？我不禁担忧起来。但很快，脚下的土地开始变成平缓的坡面。能清晰地感觉到自己在下坡。

"能看到湖了。"

朝木老板用手电筒照了照前方。

视野变得开阔起来，冰冷的空气掠过我们。

那是一片宽阔的湖。作为潜藏在森林深处的湖，这规模着实让人有些吃惊。兴许是最近连续下雨，湖里积了不少雨水的缘故吧，湖面无比平静。只有一层薄纱般的雾气浮在上方。对岸的悬崖峭立挺拔，巨大的山影落在湖面上，使原本幽暗的湖，变得更漆黑了。

"快去寻找队长！"

要人用对讲机测试通讯，但似乎没有反应。

自警队员陆续从后方赶到湖边。

"大家分头沿湖边搜索。"要人说道。

我看着湖面。与其说是湖，倒更像是森林里被砸出的一个大坑。

摇曳的雾气后方似乎有动静。

是灯。

是模糊不清，没有清晰界线的朦胧灯光。不仅是我，也有自警队员指向那边。

"那是什么？"

"怎么了？"

"那里有灯。"

"对岸有灯吗？"

"可对面是陡峭的悬崖啊。"朝木老板说道，"那里压根没有立足的地方，相比对岸，那灯其实更靠近我们。"

"也就是说……是在湖上？"要人用手电筒照向湖面，"有人在小船上。"

在手电筒灯光的照射下，隐约能看到一艘船的轮廓。朦胧的光源就是从那里发出的。

我仔细地看着那艘船，上面隐约有个人影。摇晃的小船上站着一个人。

"有人在船上。"

"是谁？"

"不知道，只看到个影子。"

但我有种预感。

那个身影跟我今晚遇见两次的"侦探"几乎一模一样。

"是'侦探'。"有人大喊道。但没有人回应，仿佛在说谁都知道那是"侦探"。

"把整个湖包围起来。"要人提议道，"我们这么多人，应该可以把湖包围起来吧。"

队员虽然只有十人不到，但如果间隔是相互能确认到的距离，就能像要人说的那样，包围除悬崖部分的湖畔。

队员们迅速散开。

"啊。"

一直盯着湖面灯光的要人尖叫了一声。

船上"侦探"的影子似乎举起了什么。

"队长，请回答。"要人似乎察觉到危险，拼命朝对讲机呼喊。

下一瞬间，黑影将手中的物体挥落。

那是一把斧头形状的器物。

"队长！"要人发出绝望的惨叫声。

"侦探"反复举起那东西再挥落，完全没有要停下来的打算。

那近乎异常的执着，仿佛要将猎物击得粉碎，但对方似乎又很享受这个过程，有节奏地劈砍着。周围雾气烘托出的恐怖舞台效果，使我的心顿时冻结。

等回过神，我已经瘫坐在地上。

湖上发生了惨案。

这比梦境更残酷，我什么也做不了。我无法阻止眼前发生的事，只能眼睁睁地看着它发生。

那人还在挥动着斧头。小船摇晃着，"侦探"也在摇晃。但没有丝毫声响。唯有森林的嘈杂声在头顶盘旋。

这一定就是"推理"中描写得无比惨烈的杀人瞬间。可这种事不应该出现在现实中啊。"推理"应该只是存在于书本中的故事。正因为如此，我才能找到爱好和乐趣。然而，当"推理"变成现实，一切都变成绝望。

啊……这就是"推理"。

但是，那个人并不是"侦探"。

"队长……"要人愕然地嘀咕着。

"小船动起来了。"朝木老板指向那边说道。

小船似乎正往我们的右侧划去。

"快追！"

要人迅速跑了起来。我还没办法从地上站起来，但我不想被他们甩下，只好连滚带爬地跟上。

"湖面已经被包围了，'侦探'应该逃不了。"要人说道。

他说得没错。对面就是高耸的悬崖，船没有地方靠岸。除了悬崖以外，其他地方都有自警队员把守。

"啊。"要人大声喊道，"灯灭了！"

陡然间，湖面上的灯火消失了。

要人边跑边拿出对讲机，数次尝试通讯。

突然，讯号通了。

"我联络上队长的子机了。"

要人停下脚步，把对讲机贴在耳朵上。

"是、是从我这里发信的吗？"

"是。"

也就是说，对侧一定是黑江队长的对讲机。现场的人接通了。

"喂喂，请回答。"要人焦急地呼喊着，"不行，没有声音——啊，断线了。"

"总之，跑起来！"朝木老板说道，"否则就要让他逃走了，抓到后一定要狠狠教训他一顿。"

途中与好几名队员擦身而过，要人指示他们留在原地不许乱动。

我们竭尽全力赶到船预计会靠岸的地点。

在原地屏息等待。

东方的天空开始泛起鱼肚白。

黎明来临。

雾也渐渐消散。

我们默默地等待小船靠近。鸟儿纷纷扑腾翅膀，飞上悬崖，仿佛在宣告早晨的来临。白雾缓缓随风消散，小船的全貌终于变得清晰。那是一艘白色的木制小船，上面最多只能坐两个人。船头朝着我们这边，以接近静止的速度缓慢地靠近。

我们的视线没有离开过小船。

可船上不见"侦探"的踪影。

至少从岸上来看，船上空无一人。

"不见了。"

"可能躲在船底。"

要人伸长脖子站到湖边查探，但似乎看不见船底。

"这样下去，等到明天船也不会靠岸的，该怎么办啊！"

"只能想办法把船拉过来……"

"怎么拉！"

"我去。"我说道。

"喂，你不许去。万一出了什么事……"

"没关系。"

怎么看船上也不像有人。

当然，我指的是，活人……

"你会游泳吗？"

"会，游泳是我的强项。"

"那你带着这条绳子去吧。把它套在船头，我们负责拉。"

要人从口袋里拿出绳子，把它绑成一个环状交给我。

我拿着绳子跳进湖里。湖水冰冷刺骨，不过在我能接受的范围内。只是怪异的湖水包裹着身体，压迫着我的胸膛，感觉跟平日不太一样。我尽可能不潜入水中，以立泳的姿势游到小船的位置。湖水散发着恶心的臭味。

船上可能躲着手持斧头的"侦探"，但在水底我肯定比他灵活。这点自信支撑着我毫不犹豫地游向小船。

终于游到船边。我按照要人的吩咐，用绳子套在船头的前端。

朝他们打了个手势。

接着，要人、朝木老师，再加上守在该地的一名自警队员，三人一起用力拉着绳子。船渐渐从我身边移开，我紧跟在船后面游动。

"啊！"

要人惊叫了一声。

一定是还没等船靠岸，他就看到了船内的状况。

不一会儿，船靠岸了。

"怎么会这样！"朝木老板轻声嘀咕道。

我穿过小船旁边，游上了岸，往船里看了一眼。

里面躺着一具无头男尸。

船上满是鲜血，内侧布满了血迹，船底则变成了血泊。船身摇晃的时候，血泊也跟着晃动。切口处还不断地渗出血来。

尸体身上的衣服十分眼熟。

是黑江队长的外套。

从尸体的身型来看，是黑江队长没错。

"快看……"

朝木老板一边指着某处，一边往船这边靠近。接着从尸体的脚边，拾起一把斧头。斧头已经被血染得通红。

"是'侦探'干的。"要人开口说道。眼睛一直怔怔地盯着斧头。

"'侦探'去哪儿了？"

"没看到。"自警队员回答道。

"'侦探'消失了……"

"果然是'侦探'吗……"

我盯着自己的脚。刚上岸的缘故，周围被我身上的水淋得湿漉漉的。混杂着小石块的沙滩上，清晰地留下了我的足迹。

如果"侦探"从小船跳进湖中，再游到岸边逃走，应该也会留下相似的足迹。可目及之处，看不到任何可疑的足迹。我刚刚上岸时，也没有覆盖"侦探"的痕迹。我很确信，岸上没有任何异样。

"侦探"留下无头尸，仿佛变魔术般消失了。

在一片完全被包围的湖上。

间奏 书包里的少女

一个昏暗的下午。晌午过后，远方雷声不断，空气中飘散着雨的气息。但没有任何雨滴降落，乌云黑压压地垂在半空，鸦群形成巨大的暗影，往山那边逃去，发出的鸣叫声仿佛在向小镇宣告某种不祥。

拓人匆忙地往家里跑去。他本打算在朋友家玩到傍晚，但天气突变，只好提前离开。他一边跑一边望向远方的天空，只见闪电在云间跳跃，闪光中冷不丁地闪现出鸦群的黑影，宛若空中的一小点污渍。霎时间，世界一片寂静。接踵而至的雷声，虽令拓人有些害怕，但他仍像孩子般情绪高扬。

通往自家的车道，已化为柏油的荒野。巨大的裂缝中长着茂盛的杂草，低洼处积着雨水，这是一条已经废弃的车道。据说车道尽头是有大量人居住的"都市"。拓人无法想象那是个怎样的地方。镇外从来不被需要，小镇是孤立、封闭的。

空无一人的道路中央，掉落了一样雪白柔软的物体。拓人起初以为是一片大羽毛。等他放慢脚步，小心靠近才发现，那个白色柔软、看似大羽毛的物体，呈现出人的形状。

他再仔细观察了一会儿，发现那是一个少女。美丽的黑发凌乱地散开，仿佛要将坑洼的道路濡湿。身体与头微微侧向一边。两条细长的腿从裙摆下伸出，脚上没有穿鞋。拓人不禁感到纳闷，她是如何来到这里的呢？

少女纤细而雪白的手臂，毫无防备地伸展在道路上。拓人凝视少女的手，随即仰望天空。天就快下雨了，不能放任她不管。雷电的光照映出少女惨白的轮廓，如同幻影般浮现，随即又消失。"喂，你怎么了？"拓人试图叫醒她，但少女没有反应。对于接连响起的雷声，少女也没有丝毫反应。她的状态十分怪异。拓人虽然年纪尚小，但也清楚，这事态非比寻常。他碰了碰少女的肩，感觉不到丝毫温度。少女明显在各个方面都异于常人。"快醒醒！"他叫了数次，但少女依然纹丝不动，每当闪电亮起，少女的身体便化作模糊的幻影。

拓人抱起少女，她的身体轻得出奇。

他抱着少女，才刚迈出步子，雨滴便像追随他一般落下，瓢泼的大雨宛如一场激烈的战争。正当他觉得被一股冰凉的独特空气所包围时，他已经浑身湿透了。撞击地面的雨珠化作雾气，飞至空中。雷声很近。为避免少女被淋湿，拓人弓起身子，急忙往家里赶去。

刚到家，拓人便直接把少女抱到自己屋里。背后传来父母的声音，但他暂且不想理会。轻轻地将少女放在床上，盖上被单，接着立刻走出房间。

母亲用冰冷的目光看着他。

"走廊都湿了。"

"是。"

"是你干的好事吧？"

"是。"

"给我马上擦干。"

"是。"

拓人拿来抹布，擦拭起走廊地板。全部打扫完后，他拿了条毛巾，擦着头发，返回了房间。

父母似乎没有发现少女。要是被他们发现，不知道要怎么数落自己。"还暂时先别告诉他们吧"，拓人看着床上的少女如此想着。

少女的姿势与倒在路上时一样，衣服大部分被淋湿了。会不会感冒呢？但他没有用毛巾为少女擦干，也没有帮她换衣服，年纪尚幼的少年并没有想到这些。

看样子，少女并不是镇上的人。因为这座小镇十分闭塞，基本所有小孩他都认识。但他从来没见过少女。也许是从"都市"或别的城镇来的。偶尔也会有外人造访这座小镇。如果少女是外地人，那为什么会倒在道路中央？最奇怪的是，少女那异于常人的气息是怎么回事？

拓人凝视着少女的脸，心里不由得一惊。

少女没有眼睛。眼眶周围遍布着黑影，仿佛遭受过剧烈殴打般。黑影中央曾经有眼珠，但早已消失不见。由于没有眼睛，根本不知道她是睡着还是醒着。或许她只是假装睡着了。想到这里，拓人再次呼唤她，但没有回应。

自那以后，拓人过上了怪异的生活。他每天乐此不疲地对毫无反应的少女说话。拓人告诉自己，少女只是在装睡，她一定是因为某种原因无法说话。而且那原因一定很严重。毕竟她都没了眼睛，而且倒在路中央。想不严重都难，况且如今还成了这副模样——

"你是从哪里来的呢？"

少女没有回答。从早上开始就一直静静地躺着。

"嗯，我知道，一定是发生了什么对吧？不用担心，我不会告诉别人的，也不会让我妈妈知道的，你就跟我说说吧？"

不论他说什么，少女都沉默不语。拓人渐渐感到悲伤。少女不但失去了看世界的眼睛，连语言能力也丧失了。如果真是如此，那未免太悲惨了，少女也太可怜了。从今往后，她要如何生活下去？

拓人匆忙吃完晚餐，把剩下的食物悄悄带到自己房间，用汤匙舀起汤，送到她嘴边。"这汤很好喝哦。"拓人一边说着一边用汤匙轻轻抵在她嘴边，让汤流进去。但汤并没有进入她的口中，只是把嘴巴周围沾湿了而已。

"汤还是要喝点吧。"

拓人终于不耐烦了。真是的，到底要装睡到什么时候？难得人家好心把汤端了进来。下次再也不给你拿了。

第二天，少女依旧对拓人没有任何反应。

"还在睡吗？"

拓人用力摇晃少女的肩。可少女仿佛没有任何知觉。他把床让给少女，自己一直睡在地上。可能由于疲倦，拓人对少女有些恼火，他用力按着她的肩，试图把她弄痛。他明明用了很大力气，可少女完全没有抵抗。

"拓人。"

这时，屋外传来母亲的声音，依旧没有丝毫情感。拓人跳起来，迅速冲向门口，按下门把手上的按钮，不让母亲进来。

"开门。拓人，你在房间里做什么？"

"等一下，我在学习呢！"

拓人把学习用的收音机耳机扯过来，塞在耳朵里。

比起这个，此时更重要的是必须处理一下床上的少女。

拓人当即打开衣柜，掀开床单，将床上的少女抱起来，以近乎扔的方式将其塞进衣柜。就在他关上衣柜门的瞬间，母亲强硬地将门推开。

"你有在好好学习吗？"

"有啊。"

拓人拿出收音机。里面正在播放"新社会"的授课内容。

——战后混乱期实施《焚书法》三十一年后——

"你的床怎么这么乱。"

——制定了《焚书修定法》，保护国民远离有害的信息——

"是你弄的吧。"

——凶恶的犯罪从社会上消失了——

"给我马上整理好。"

拓人依照吩咐，将床单整理好。母亲满意后，开始检查其他地方是否被弄乱。拓人循着母亲的视线，小心确认是否有不整洁的地方。床……玩具箱……窗帘……空水槽……衣柜……

衣柜！

少女的手指从衣柜的门缝中露了出来。

一定是他把少女硬塞进衣柜时不小心夹到了。怎么会这样？只有三根手指露在外面，看起来像是少女发出的求救信号。但手指却纹丝不动。

所幸拓人先一步发现。怎么办？一定会被发现的。拓人突然灵机一动，迅速脱下自己的上衣，拿着衣服走向衣柜，装作整理上衣的样子，将少女的手盖了起来。

母亲正在查看玩具箱。

只有趁现在。

拓人打开衣柜门。

这时，被门夹住的三根手指，从少女的手上断裂，掉在地上。

拓人差点尖叫起来。

他勉强压抑住内心的惊愕，将上衣和少女的身体一起推进衣柜内侧。

母亲在检查空水槽。

拓人把掉在地上的手指捡起来。

塞进裤子口袋里。

突然，母亲扭头看向拓人。

"继续学习。"

"是。"

母亲板着一张脸，走出了房间。

拓人当即瘫坐在地上，身上不断地冒汗。他总不能告诉母亲，家里藏着一个少女，不过好在暂时没有露馅。他擦擦汗站了起来。

拓人取出口袋里的三根手指，不知如何处置。他幼小的心灵十分清楚，这手指怕是再也安不回去了。

虽说那是少女身体的一部分，可看起来十分惊悚。三根手指。对不起，对不起。拓人对着衣柜里的少女说道。会不会很痛？

可少女依然没有任何回应。

为什么她没有反应呢？

年幼的拓人完全无法理解。

因为从小到大，他从来没有看过那些。

少女的异样立刻变得明显起来。

第二天，拓人把少女从衣柜搬出来时，她的手指和脚都变黑了。拓人心头一惊，立刻将少女放到床上，检查她身上有没有其他坏掉的地方。越检查越发现，她身上几乎全都坏了。少女浑身长满了奇怪的斑点，轻轻擦拭变色的地方，颜色似乎会变淡一点，但无法恢复以往的白皙状态。

拓人不知该如何是好。怎么会把少女弄成这副模样呢？是因为他强硬地灌她喝汤？还是因为把她塞进衣柜，压断了三根手指？不，或许从一开始就不该带她回家？

如果说还有其他什么怪异之处，那就是少女开始发出恶臭，手脚也变得更柔软。此外，先前他用力按压的肩膀附近，也变得比其他地方更黑。

　　"就因为你不吃东西，身体才会变成这样啊。"

　　拓人以责备的语气说道。但他并不确定，这是否就是真正的原因。

　　少女的情况一天天恶化，黑色的斑点覆盖了全身。双腿已经黑到了裙摆的位置。她躺着的位置，连床单也一并被染黑。拓人只好让她躺在塑料纸上，再藏到床底下。拓人逐渐害怕看到少女。但他不敢对别人说，也不知该如何处理。少女的情形简直可以被称为腐烂。美丽白皙的脸庞早已不复存在。恶臭变得明显后，连母亲都注意到了。但她不知道恶臭的原因，只是发了疯似的在家里到处洒消毒水。连拓人都快被逼疯了。

　　睡觉的时候，他时常会在意床底。自己的背部下方，正躺着那位少女。光是想象那情景，他就觉得害怕，连梦里都会出现少女逐渐腐烂的模样。

　　某日，他将少女从床底下拖出来，发现她的头已经开始松动，头身几近分离。仿佛稍稍一碰，就会彻底断开。不过这也是时间的问题，因为腿已经与身体分离。少女的身体软绵绵的，不再是拓人认识的那个少女。他曾经尝试用胶水修复少女的手指和腿，但都以失败告终。所以，即便知道少女的头快要分离，他也无计可施。

　　但是，必须要想个办法。拓人开始认真地思考。他想找朋友商量，可这显然不现实。跟父母商量更是连想都不敢想，他必须要独自想办法让少女恢复原状。

少女已经完全变得软烂。他将腐烂的部位和分离的部位全都整理到一起，勉强将她折叠起来，用力将她整个身子塞进了书包里。最后，在将分离的头颅勉强塞进去后，少女仿佛被封印在了一个小小的立方体里。看到自己的杰作，拓人感到有些骄傲。我的书包里装着一个少女。那么美的少女经过折叠后，终于被塞进了书包里。先前发生的异样，莫非就是为这个做铺垫的？可以随身携带的少女，一定是那样的。拓人的思想逐渐变得扭曲。拓人数次背着书包去朋友家玩。谁也想不到他书包里装着一位少女。这么一想，他顿感愉悦。拥有自己的秘密，让拓人很是得意。

但是，总不能一直这么下去。拓人很快意识到，少女会继续腐烂下去。

帮她恢复原状吧。

不知从何处传来近乎命令的声音。但他并不知道该如何让少女恢复原状。说到底，她真的能恢复原状吗？他回到最初捡到少女的地方，想找找有没有线索，希望有人能施以援手。他需要大人的力量。大人们肯定知道如何让少女复原吧。

那应该向谁求助呢？

突然，他想起那个人物。

一个不确定是否存在的人物。

任何人都不想提起的人物。

甚至都不确定，他是不是人。

——"侦探"。

听说"侦探"住在围绕小镇的那片森林里。在拓人居住的小镇上，"侦探"也是封闭世界的象征。他是封闭世界的影子管理者，是监视内外分界的看守人。可谓传说般的人物。孩子们单纯地将"侦探"理解为"惩罚坏人"的存在。根据大人们的说法，"侦探"是正确的化身，或者说，是惩罚的化身。

说不定"侦探"拥有能让少女复原的力量。

拓人决定即刻前往森林。他带上少许食物和水，以及塞在书包里的少女，借着黎明前的微光，离开了家。

大人也不会靠近森林。因为他们知道，靠近森林没有好结果。森林里住着"侦探"，对镇上的人来说，"侦探"不单是存在于想象中的人物。他们对"侦探"的敬畏已根深蒂固，同时森林也变成了不可侵犯的场所。

但拓人对"侦探"和森林了解得并没有那么多。他怀着轻松的心情走进森林，打算当天内返回。森林里长满了参天大树，脚下遍布着腐叶土，并不会给人葱郁的感觉。但这里无比寂静。明明在森林外还能听到动物和风的声音，而此刻却只剩下静穆。在腐叶土上前进，如同踏在厚厚的雪上，四周寂静的氛围很容易让人联想到冰雪世界。外面的声音逐渐远去，拓人慢慢潜入了森林。

总之，必须要找到"侦探"的住处。拓人漫无目的地在森林里走着。他本来一直小心地记着入口的位置，谁知走着走着，他已经迷失了方位。他焦虑地朝着森林深处跑了起来。藏在淡淡云层后的太阳，已然西斜。马上就到傍晚了，天气本就不好，加上位于森林里，四周的光线迅速暗淡下来。

拓人终于意识到了自己的错误。人在森林里迷路丧命的故事，他不知听过多少遍了。如今自己却成了故事的主人公。那些人大多是在森林里漫无目的地行走，最后走向了死亡。必须要从前人的过错中吸取教训。好在自己带了食物和水。

拓人在一棵大树根部蹲坐下来。这时，他的背似乎顶到什么东西。是书包。拓人一时心急，竟把少女的事情忘得一干二净。他将书包从背上拿下来，抱在胸口。没事的，我不是孤身一人。还有个美少女陪着我。他抱紧书包，从一开始就不曾存在的少女体温，似乎透过书包，徐徐传到他身上。甚至还能听到从未有过的呼吸声，以及心跳声。也许是森林的夜色太过静谧，拓人终于镇定下来。

母亲现在不知道在做什么？拓人在寒冷的夜里瑟瑟发抖地想着。大人都那么冰冷无情，这就是所谓的长大。大人不会伤害他人，不会焦躁不安，也不会放声怒骂。但相反，他们也不会开心地笑、愉快地歌唱。那些心情都在孩提时代，随着广播教育一起毕业。母亲现在应该在担心自己吧，她应该已经注意到自己不见了，除了每日喋喋不休地命令我"整理成原来的样子"，她还会为我担心吗？

"一点也不想变成大人……"

少年像是在对着少女低声自语。

筋疲力尽的少年，悄悄地进入梦乡。

等睁开眼睛，拓人发现自己位于一栋陌生的小屋里。

那是一栋奇怪的屋子。只有一扇门，没有窗。天花板很低，屋子面积很小。里面没有任何像样的家具，拓人此刻正躺在地板上，仿佛被丢进一个空荡荡的空间里。难道我还在做梦？拓人站起来敲了敲墙壁，但声音仿佛被吸了进去。整栋小屋不太稳固，像是随意搭建的，不过室内的空气倒是很暖和。

突然，门毫无征兆地被推开了。

"侦探"从门后现身。但拓人并不能确定他是否为传说中的"侦探"。只能以"相像"为由，说服自己相信他就是"侦探"。那人身上穿着被磨得十分薄的黑色装束，脸上戴着黑色面具，看起来十分怪异，明显异于常人。眼与嘴的部分虽然开了条细缝，但窥不见里面的东西。他全身如同一道暗影，尽管他的轮廓真实而清晰，但仍给人一种难以捉摸的神秘感。

"那、那个……"

拓人失去言语，一时间，他只能磨蹭着往后退。但"侦探"并不在意，他走进小屋，反手将门关上，站在拓人面前。

"你来这种地方做什么？""侦探"问道。

没想到侦探的声音，其实和普通人一样。至少可以确定，那是成年男子的声音。

"我是来求你帮忙的。"

拓人将少女塞进书包的经过如实地讲述了出来。之前他从来没向别人提起过这件事，起初还有些犹豫，说话吞吞吐吐。但他还是将整个始末完整地告诉了"侦探"。倾听故事期间，"侦探"既没点头，也没有附和，只是一动不动地站在原地。这种态度反倒赢得了拓人的信任。他相信，这点小事，对"侦探"来说，一定不算什么。

　　"侦探"命令拓人把书包里的东西拿给他看。拓人将书包交给了他。"侦探"毫不犹豫地打开书包，往里面足足凝视了五分钟。他戴着面具，窥不见他的表情。这个不可思议的人物，面对折叠的少女，最终会给出怎样的答案呢？拓人紧张地望着他。

　　"侦探"以毫无感情的机械式口吻，感叹书包少女的悲惨遭遇。但也仅此而已。

　　"为什么她会变成这样呢？"

　　面对拓人的提问，"侦探"开始解说起来。

　　"少女是被森林抛弃了"。

　　孩子们都相信，在镇外某个遥远的地方，有个被称为"都市"的富裕群落。每个孩子都梦想能去那看看。可大人很少会提及"都市"的事情。因为等孩子们长大后，早晚会明白，那不过是个梦。谁也不知道"都市"是否真实存在。镇上的居民早已对外界失去了兴趣，因为小镇里所有东西都能自给自足。

　　少女打算穿越森林前往"都市"。但擅自走出森林的孩子，会被剜去双眼，并施以可怕的魔法，然后被抛弃。森林外不是小孩能涉足的场所。

拓人初次听到关于森林外的事情。虽然早就听说外面的世界存在很多禁令，可没想到连小孩的存在都遭到禁止。难怪少女的长相异于常人，原来一切都源于森林的惩罚。拓人害怕得颤抖起来。

"她已经不能恢复原状了吗？"

"侦探"只是摇摇头。

"被施以森林魔法，变成这种状态的人，很难再复原。方法倒是有一个，但没有十足的把握。万一失败，事态有可能变得更糟。即便成功，少女也不一定能恢复原貌。""侦探"以低沉的音调淡淡地说道。

"即使如此，你也愿意尝试吗？"

少年立即点点头。

"侦探"传授的仪式具体是这样的。

首先，所有动作必须要在新月的夜里完成。

那天刚好是新月，正适合举行仪式。理由是新月的光能镇压森林的魔力。

其次，仪式的举行地点必须要在新月形物体旁。而且新月形的物体越庞大，效果越好。

"侦探"建议森林深处有个新月形的湖可以作为仪式地点。

那晚，拓人在"侦探"的带领下，来到那个充满魔力的湖边。头顶上的新月浩瀚生辉，神秘的光束洒在湖面上。空气中飘着一层薄雾，仿佛在守护这个神圣之地。

"侦探"站在湖水没过脚踝的位置，继续向拓人说明仪式的程序。

"将少女散乱的身体全部整理出来，拼凑成接近原来的形状。如有缺损，复活失败的几率极高。"

拓人依照侦探的提示，从书包拿出少女，排列在湖边。他不太想碰触少女，但想到必须要在月光魔力消失前完成仪式，使命感促使少年加快了速度。

少女凌乱的躯体终于拼凑好了。银白色的月光洒在少女身上。银光中的少女，让拓人回想起闪电中浮现出的身影。

"你为什么想救少女？""侦探"问道。

"——因为第一次见到她时，觉得她很漂亮。"

我想永远和她在一起。

所以——

"接下来只需为少女祈祷。要真心希望少女复活。""侦探"说明完后，转身背对拓人，默默退到森林里。仿佛在说自己的任务已经完成。

拓人遵照吩咐，坐在少女身旁，双手合十，开始默默祈祷。夜里寒气逼人，但他并没有在意，继续专心地祈祷。请把少女变回原来我喜欢的那个样子吧——

湖面开始闪烁起耀眼的光芒，拓人睁开眼睛。夜空澄净，新月消失了。飘散着的雾也全部消散。景色优美的湖面，在眼前蔓延开来，湖水为深绿色。

拓人站起身，寻找少女的影踪。

少女依旧躺在昨日拓人放置的地方。但不同于昨天的是，少女已经恢复了原状。美丽的黑发散乱开来，仿佛要将湖岸濡湿一般。身体与头微侧向一边。两条细长的腿从裙摆下伸出，与拓人最初发现少女时一样。她真的回来了。而且连原本没有的眼睛，也恢复了原状。

"侦探"说的没错。仪式成功了。

拓人想把少女抱起来。

就在这时，一阵风吹来，少女突然站了起来。

啊！

拓人忍不住大叫一声，想要抓住少女的手。

但少女灵活地避开了。

接着轻飘飘地落到了湖里。

"谢谢你。"

他仿佛听到了少女的声音。

湖面上，围绕少女的水纹静静地扩散开来。

"等等！"

拓人在水边呐喊。

但少女头也没回地溶入了水中。

最后，少女的手残留在湖面附近，少了三根手指。

第四章　少年检阅官登场

黎明过后，天再次下起大雨。

我从旅店的食堂远远眺望窗外打在阳台上的大雨。天空阴沉沉的，更为下方的森林增添了一丝阴暗。外面没有刮风，雨珠剧烈地垂直落下。落地窗上划落的水滴，仿佛要打乱我的思绪般，描绘出歪扭的线条。

食堂里的人各自朝不同方向坐着。自警队员要人、旅店老板朝木、他的儿子尤里，以及我和桐井老师。尤其是在森林湖边目击残忍杀人场面的要人和朝木老板，每个动作都十分沉重，连说话都显得有气无力。他们都累了。想必在别人看来，我也同样地疲惫不堪。

"也就是说，凶手在湖面的小船上杀害了黑江队长，然后不知所踪吗？"

桐井老师没有指明对象地询问道。要人带着略显愤怒的眼神看向他，点点头。

"我看得很清楚，那家伙拿着斧头不断地朝船底砍。"

"灯光灭了。"要人顾不上整理思路，继续补充道，"然后我们去追船。可等船出现在我们面前时，'侦探'已经消失了。"

"真的是'侦探'吗？"

"不然还有谁！"要人激动地大吼道。

"你冷静点！"桐井老师举起一只手，制止了要人爆发的冲动，"在船上杀人的'侦探'——暂且把凶手称为'侦探'——发现你们来后，立马把灯熄灭。然后留下凶器和尸体……不知为何，只带走头部，消失不见。情况就是这样对吧？"

"如果只是陈述事实的话，确实如此。"

"那'侦探'消失去了哪里呢？"桐井老师咳嗽了几声，"正常来说，他应该是游上岸了……"

"当然，我们确认过了。我们沿湖岸巡视了一圈，检查是否有凶手上岸的痕迹。"

"结果呢？"

"没有发现任何可疑痕迹。"

"整个湖周围都调查了一遍吗？"

"湖是新月形的。"这次换成我来补充，"往内凹陷那侧的湖岸几乎是悬崖峭壁，别说从那里上岸，就连站在上面都十分困难。向外凸出的那侧则是由碎石和沙子组成的湖岸。也就是说，整片湖只有一半的区域能够供人上岸。"

"原来如此，所以，查找痕迹并不费事。"

"没错，我们刚好在湖岸的中央附近，目击到船与'侦探'的罪行。载着尸体的船缓缓流向岸边。从最初目击到船，到发现尸体期间，自警队已迅速将湖包围。因此，湖基本处在众目睽睽的巨大'密室'中。"

“什么？‘密室’？”要人疑惑地歪起头。

“啊，没事……”

真是大意。我不应该随便使用“推理”用语的。

“总之，意思就是，‘侦探’应该无路可逃才对。”

“没错，就是这样。我们一直在湖边调查、监视到刚才。但始终没有发现‘侦探’的踪影。”

“湖里也调查了？”

“欸？”

“‘侦探’从船上消失是事实，说不定他根本没有上岸。若是如此，那‘侦探’会不会还在湖里？或者说，他换乘了其他事先准备好的小船。又或是耐心地藏在水里，等待你们离开。”

桐井老师列出了自己的见解。

“湖里我们也仔细搜寻过了。”要人说，“没有发现任何可疑的身影。天亮之后，雨雾天气消散了一段时间，我们应该没有看漏，湖面真的什么也没有。”

就算“侦探”事先准备了一套潜水用具，他也无处可逃。现在仍有几位自警队员在监视湖面，目前没有收到“侦探”上岸的消息。而且湖底并未与其他河流或池塘相连，“侦探”不可能从水中逃走。

起初有人推测会不会是“侦探”利用绳梯，从悬崖那边逃走了。但这似乎也不太可能。翻越悬崖难度极高，架绳梯更不是一件轻而易举能办到的事情。不过，为避免错过一些有用的证据，自警队还是决定前往悬崖周边打探一番……

"'侦探'消失了。"

要人断言道。在他的字典里，这个词意味着真正的"消失"。他们的内心并不渴望合理的解释与真相。

"嗯，确实消失了。"

朝木老板也表示赞同。

"'侦探'果然不是人。他是统治着这座小镇……这个世界的伟大存在。不同于幽灵与怪物，他是更完美的'某物'。不然，他是如何从从湖面消失的呢？怎么想都不可能。"要人激动地说道。

"挥着斧头，搜集人类头颅的'某物'……"

桐井老师抱着手臂，陷入沉思。

尤里在一旁意欲插话，但什么也没说上来。

"我们无权谈论'侦探'的行为。那是一种奇妙、复杂、超乎我们理解范围的存在……但一切都结束了。"

"难道黑江队长的死就这么算了吗？"

"老师，人死不能复生，不是吗？"

要人云淡风轻地说道。他的表情像是被冻结般，一动不动。这是这座镇上的人特有的状态，仿佛行尸走肉般、缺乏情感的表情。我直到现在才意识到，要人也是这座镇上的居民。他们虽然受到名为"侦探"的"某物"威胁，却还是习惯性地逃避死亡的现实，并且习以为常地过着无处可逃的闭塞生活。

"从今往后，身为副队长的我就是自警队队长了。以后也请多多关照。"

"对了，各位早餐怎么解决？想吃什么吗？"

朝木老板连忙打起了圆场。

"我就不用了，我还要去联络森林里的同伴。"要人站起身，把椅子放了回去。"老师、克里斯，你们辛苦了。如果下次还有机会，希望你们能再次伸出援手。"

"等等，请稍等一下。队长不是死了吗？你能不能告诉我他为什么会死？"尤里插话道。

"喂，小孩子别多嘴！"朝木老板立刻打断了他，"这些都是'侦探'所为，就跟事故、天灾一样。你还指望能讨论出什么来？尤里！"

"爸爸，你真的这么认为吗？"

"是啊。"

"你骗人！"尤里罕见地高声怒吼，"爸爸，你到底怎么了，你以前不是这种人啊。每次我有什么不懂的事情，你都会耐心地教我。不是吗？其实……"

"都说了别多嘴，听不懂人话吗！"

争执逐渐转变成父子吵架。我有些不知所措，只好低下头，假装拨弄领口脱线的位置。后来，要人出面解围。

"行了行了，每个人的想法都不一样，加上这次确实发生了很多事情，朝木老板也帮了自警队很大的忙。我们十分感谢。你应该为你爸爸感到骄傲哦。"

面对要人的劝说，尤里赌气似的撅起嘴。

"好了，我该走了。"

要人鞠了躬，走出食堂。

我也立马起身，追了出去。

跟着走到大厅，我叫住了他。

"有什么事吗？克里斯？"

"要人先生……黑江队长的死，你们会怎么处理？"

"以自然死的方式处理。"

"你不是开玩笑吧？"

"我从不拿人的死开玩笑。"要人表情严肃地说，"我们只能这样判断。"

我似乎从要人身上看到了黑江队长的影子。

黑江队长虽表面对"侦探"采取不干涉的态度，但私下一直在偷偷调查他的真实身份。想必要人一定也想了解事件的真相。但他无能为力，没法解开谜团，只能放弃。放弃追查，逐渐被这个小镇、这个世界所同化。然后变成独当一面的大人，平淡地过完一生。

"你之前不是说过，想保护这座小镇吗？"我低头问道。

"没错，我当然想保护。"要人回头看向我，"所以我一直在拼尽全力啊。可结果，队长却死了。为什么会这样？我不懂。我真的不懂！可又有什么办法呢？我们什么都不知道，'侦探'到底是什么来头啊！"

"我也不知道。但有一点可以确定，'侦探'既不是幽灵也不是怪兽，更不是除此之外的'某物'。"

"克里斯……"要人用力闭上眼睛，咬紧牙根歪起头，"队长想揭开'侦探'的真实身份。他瞒着我们偷偷调查，是为了避免让我们产生恐慌。也许队长真的太接近'侦探'了。所以……所以……才会……被杀。"

要人的身体微微颤抖着，似乎在忍耐着什么，又像是在害怕什么。

"要人先生。"

"我好不甘心。"

紧闭的眼睛没有渗出泪水，也许他早就没有眼泪了，但也有可能是在强撑着。

"虽然我什么都不知道，但有一点我很清楚。"我说道。

"是什么？"

"'侦探'——是个杀人犯。"

要人默默地思考片刻后，用力点点头。

"这样啊——"

"就这么任由'侦探'肆意妄为，真的好吗？"

"克里斯，我好像终于体会到什么叫恶了。"要人猛地抓起我的手并握紧，"这镇上存在邪恶的东西。但你们不属于这座小镇，你们可以来去自由。总之，在你离开前，如果感觉有危险，请告诉自警队。"

"谢谢。"

"不客气。"

要人微笑着轻轻摇头。我第一次见识到，原来镇上的人——

他——也会笑。

"如果发现什么新情况，我会告诉你的。"

"好的。"

"那我先告辞了。"

要人离开了旅店。

食堂里，朝木老板与尤里的争吵仍在持续。夹在两人间的桐井老师，为难地在当中极力调解。

"克里斯，你刚才去哪了？"

桐井老师看到我后，立即问道。可能觉得这是转移话题的绝佳素材吧。

"我找要人先生谈了会儿话。"

"我们先回你房间吧。我的乐器还在你那呢。而且，我也有事要跟你商量。"

"好。"

我们走出食堂。

"哎呀，这对父子感情真好。"

"我很羡慕。"我尽量不想起自己的父母，"朝木老板真的很疼爱尤里。"

"我不懂当父母的心情。"

"那么，老师，你是怎么看待我的呢？"

"你又不是我的孩子。"桐井老师惊讶地说道，"虽然我们年纪相差很大，但我们始终是朋友吧？还是说，你有哪方面的心愿？"

"没有。"

"想家了吗？"

"我哪还有家。"

我们走进房间。感觉离开了好久，但其实也不过半天工夫。回想起来，事情是从那个疑似"侦探"的怪人敲窗，害我惊醒开始的。可到底是怎么回事呢？"侦探"为什么要来我的房间？也许他是想留下红色印记，所以先确认里面有没有人。

多希望这一切是一场梦。

但偏偏是现实。

"坐吧，克里斯，你累了吧。"

"嗯……有点。老师的身体怎么样？"

"没有大碍。"

话虽如此，但他的脸色依然苍白。

"在森林前分开后，您一直待在原地吗？"

"在你们回来前，我一直独自待在那里啊——不过也不是完全没动，为了避开雨雾，我躲进了附近的屋子里。万一再感冒，我就真的必死无疑了。"

"怎么会……"

"这也许是个好机会。"桐井老师轻声说道，"只有我们人类能创造出诗和音乐。为了保住这些快要失去的东西，必须要坚持传承。至少我是这么想的。克里斯，我想把它传给你，而且必须要这么做。"

"老师，你在说什么呢？听起来跟遗言似的……"

"差不多吧。"桐井老师露出苦笑，"克里斯，接下来，我要告诉你一件事，但知道后，你的人生也许会发生巨大的改变，甚至有可能会遭遇危险。"

"欸？"

"知道它的存在后，你的世界观也会发生改变。但我相信你能正确地去看待这样东西。如果你做不到，那我会很伤脑筋。因为是我把这些传承给你的，我责任重大。"

"说得好严重啊。"

"没错，这事很严重。"

"没事，我离开英国的时候，就已经做好心理准备了。"

"真了不起！你是个好孩子。不过，你太优秀了。"桐井老师不知何时又开始吃起了饼干，"优秀是好事，但也会令人担心。"

"那你不告诉我不就行了。"

"别这样嘛。"桐井老师笑了，"我当然会告诉你，不过这事跟你喜欢的'推理'有关。"

"跟'推理'有关？"

"通过这镇上发生的一系列事件，我得出了一个结论。那就是，这一切都和'推理'有着密切的联系。"

"你之前说过了。"

"嗯。而且，可能——跟'戈捷特'有关。"

"'戈捷特'？"

"你果然不知道，那我就放心了。看来前面做的宏伟铺垫都是多余的。"

"'戈捷特'是什么？"

"是'推理'的结晶。日本的推理小说家们，为了保存即将消失的'推理'所做的东西。"

"跟书本不一样吗？"

"不一样。"桐井老师静静地摇摇头，看着我说道，"它比书更小、内容更密集，而且可以伪装。"

"哦……"

"正如你所了解的那样，日本的'推理'在封闭、绝望的环境中独自发展，现在已经到达极限。几乎可以用'精粹'来形容。经过类似寒武纪期*等进化过渡期后，'推理'以更美的形态获得重生。"

"但却随着法律逐渐严格，开始走向衰退——"

"嗯。但日本的作家并没有因此灭亡。他们忍受着警告和迫害，完成了最后一项工作——把'推理'还原成微小的元素。也就是从根本重新看待'推理'，掌握构成'推理'的要素、句子、记号、单词，并加以分类。"

"也就是数据库化？"

"简单来说，确实是这样。然后，他们又对数据进行细分，封存在不同的个体里。这些记录着各种'推理'元素的奇妙个体，因

---

* 寒武纪期：指智能芯片研发鼎盛期。——译者注

其外观和内容而被称为'戈捷特'，藏在日本的各个地方。"

"个体是什么？"

"比如，他们用了很多酷似宝石的玻璃质地的东西。那些玻璃可以像微缩胶片一样，在可直接判读的状态下，存入数据。我只见过一次实物，但无法读取当中的内容。文字以特殊的 3D 打印方式储存在里面。据说只要习惯的话，任何人都能读取。但掌握那种诀窍需要一定的时间。而且要把当中的数据全部读取出来，怕是需要耗费相当长的时间。"

"不是数字数据吗？"

"它属于模拟数据。不需要特意使用电脑进行播放。就传承这点来说，十分重要。刻在石板上的文字能留存五千年，但播放装置连五十年都难维持。"

"'戈捷特'长什么样子？"

"大部分'戈捷特'看起来像一个小玻璃球或者宝石，乍看之下，像是随意镶嵌在吊坠或者手链里。此外还有布偶、模型等，外观可以伪装成各种形态。外人不仔细看根本无法辨认。"

可以把它想成是特殊形状的记录媒体吧。而伪装其实是指"戈捷特"本体被镶嵌在各类装饰品和道具里，很难一眼辨认出来。

"不过，因为'戈捷特'的诞生，麻烦事也变得多起来。因为部分持有者试图用它来干坏事。若只是暗中买卖，将其作为欺诈工具倒还好，更邪恶的是，有人将'戈捷特'里描写的内容运用到现实中，每个'戈捷特'里都会详细描述杀人方法和掩人耳目的诡计。

在我们这个时代，使用这些存在很大的危险性。毕竟，'推理'的元素几乎都与死亡有关。"

"如果'戈捷特'落到坏人手里……"

"所以，政府对'戈捷特'的监视严厉程度远超过书本。政府在这一带搜查的传闻，或许是真的。"

"这镇上发生的事，跟'戈捷特'有关吗？"

"恐怕是。"

持有者正在秘密施行"戈捷特"里描写的内容？

"刚才我也说了，'戈捷特'并非只有一种形式，它的内容、形状多种多样。所以，至于隐藏在镇上的'戈捷特'持有者到底拥有哪种，我们无从知晓。到底是'消失'还是'密室'，还是其他种类……"

"欸？'消失''密室'是什么意思？"

"就是'戈捷特'的种类呀。据我所知，此外还包括'镜子'、'山庄''双胞胎''线''不在场证明'等等……也就是把'推理'常见的小道具、状况、背景等各类数据拆分开来，分别封存在不同形状的载体里。像'镜子''山庄'这些，你就当成是分类记号吧。"

日本应该有很多我从未见过的"戈捷特"吧。我从父亲那听到的"推理"只是极小的一部分。更别说如今把推理拆分成了很多细小元素，那我不知道的东西一定还有很多。

"所有的'戈捷特'都有固定的内容吗？"

"没错。当然，内容也有重复的。作为一种保存方式，这样更安全有效。我们并不清楚总共制作了多少个‘戈捷特’。”

"如果持有‘消失’的‘戈捷特’，那就可以读取、利用里面的内容吧。比如，从湖面消失之类的……"

"没错。"

"坏人得到‘戈捷特’后，就能实施常人从未接触过的犯罪，到头来，我们只能被卷入无法理解的状况中。以我们的推理能力，根本难敌对手。"

也许，现在仍有人在我所不知道的地方，利用"戈捷特"进行犯罪——

"据说，曾经有人暗地里高价买卖各个种类的‘戈捷特’，当然，价格不是普通民众能够承受的。不过，现在监控严密，几乎已经不再流通了。"

"老师了解得很详细啊。"

"因为‘戈捷特’很像乐器。其实，我也是在寻找乐器时，偶然得知了‘戈捷特’的存在。"

乐器只要弹奏音符，就能演奏出任何音乐。

而"戈捷特"只要模仿数据内容，就能重现任何一种"犯罪"——

但是，真的这么容易再现吗？正如演奏乐器需要相当的技术，利用"戈捷特"的人也应当需要丰富的才识。再现度不可能很高。即便如此，我也能理解"戈捷特"为何被视为危险物。因为有时候设计图比实物更重要。而且，某种无法理解的犯罪就发生在我们眼前。一旦掌握某种知识，或许就能将其运用于现实。

"谢谢你告诉我这么多。"

我站起身，向他行了个礼。

"不用这么客气啦，因为我们是朋友嘛。"桐井老师敲了敲我的头说道，"我也不知道告诉你'戈捷特'的事对不对。或许今后我会一直为此感到困扰吧。你一定很想找到'戈捷特'对吧？"

"我不会给老师添麻烦的。"

"我担心的是你啦。当然，我不会阻止你，毕竟阻止也没什么用。因为你是为了追求'推理'，才从遥远的英国来到日本。不管怎么样，告诉你这些或许是对的。即便我不说，你总有一天还是会知道'戈捷特'的存在。"

桐井老师站起身，拿出藏在床下的乐器。

"我也该回去了，有点睡眠不足。要是遇到什么麻烦，到西路的转角处来找我。那里挂着面包店的招牌，应该很好找。"

"面包店？"

"昨天之前都住在洗衣店。"桐井老师半开玩笑地说道。他弯下腰，视线与我齐平。"到时政府说不定会开始搜查，不用我说你也知道吧，跟官员说话的时候，记得把'推理'的事都忘了。"

我点点头。一般人不懂"推理"。如果有人懂，势必会遭受质疑的目光。因为如果发生了"推理"性案件，嫌犯一定是懂"推理"的人。这也算是焚书的好处。

"现在马上离开小镇也不失为一个好办法。不过，你还想再留几天吧？"

"是的。"

"我陪你一起。不过那些政府官员真的很烦。他们只要一见到音乐家，就给对方戴上反政府主义者的帽子……虽然这也是事实。"

"是吗？"

"音乐能打倒权力。大概。"

桐井老师静静地笑了笑。

他刚迈出步子，像是想起什么似的，突然停下脚步。

"忘了告诉你一件重要的事。"

"什么事？"

"所有涉及'戈捷特'的案子，政府都会派特殊的搜查官来调查。据说日本只有为数不多的几个检阅官，他们专门负责调查'戈捷特'的案子，普通的警察和检阅官跟他们完全不在一个层次。"

"原来有这么厉害的人啊？"

"专门调查'戈捷特'的检阅官，几乎与你年纪相仿。因此，他们也被称为少年检阅官。不过，千万不要因为年纪小就小瞧他们。他们可是隶属于直属内务省的检阅局。尽可能不要和他们扯上关系，他们穿着特征明显的制服，应该很容易认出来。"

桐井老师说完，打开了房门。

我们互相挥手道别。

我漫无目的地走出屋外，雨依然很大，我决定去向尤里借把伞。尤里求我带他一起出去，但我委婉地拒绝了。我怕回头被朝木老板责备，加上我也不太放心尤里的身体。最重要的是，我想自己一个人去镇上走走。

我穿过被雨水冲刷得更为灰暗的混凝土街旁，不知不觉地往森林走去。抵达小镇的尽头后，前方是杂草丛生的原野，再往前就是森林。森林看起来比昨天更幽暗。

我在沦为废墟的屋前坐下，收了伞，眺望起森林。

"侦探"消失在了那片森林里的湖中。

到底去了哪里呢？他不可能真的凭空消失，现在一定还藏在某个地方。可"侦探"又不可能从湖上逃走。因为湖岸被包围了。而且，没有发现任何"侦探"上岸的痕迹。即便自警队中有人存在嫌疑，这也是无法撼动的事实。

难道"侦探"放弃挣扎，跳水自杀了？

现在"侦探"的尸体还沉在水底……

那这样根本不可能找到，任凭谁也没法碰到水底的尸体。

想到这里，我莫名地想起自己的父亲。我的父亲现在也还沉没在某个不知名的海底。

是父亲教会了我"推理"。"推理"是名为"侦探"的英雄们的故事。或许我已经在潜意识中，将知晓推理故事的父亲视为英雄之一。而事实上，父亲是以英国海军的身份壮烈殉职，是真正的英雄。

我或许是想从"推理"和"侦探"当中，寻找父亲的影子吧。为了沉浸在过去里，才会不断地旅行。我应该还有其他必须要完成的事才对。离开英国的时候，我抛弃了许多东西。我的家、为数不多的朋友以及那颗软弱的心。我必须要变得坚强，我是带着强烈的使命感和决心离开英国的。而今，我却感到无比迷茫。

神啊——我该怎么办？

不安压得我喘不过气来。

我为何来到了这里？

我是为了寻找"推理"而离开英国。

原本是这么打算的。

然而今日，我却失去了方向，不知道自己想做什么，也不清楚自己在干什么。

"侦探"——全是"侦探"的错。是"侦探"迷惑了我，"侦探"破坏了我描绘的理想图案。"侦探"不是英雄，而是凶手。"侦探"这个词只意味着犯人。所以，那个家伙既不是父亲也不是任何人。

"侦探"对这座小镇——对这个世界——怀有恶意。

想到这里，我的心情顿时轻松了。都怪我将父亲珍贵的"推理"记忆，与曾经存在于故事中的"侦探"紧密联系在一起，才会感到混乱。可我已经没必要再迷茫，眼前的"侦探"，与我所知道的"侦探"，完全是两回事。

我必须要找出真相。

如此一来，我迷茫的心，或许能找到些许正确的东西。

正如桐井老师说的，"侦探"一定拥有"戈捷特"。如果那是"消失"的"戈捷特"，或许能知道从湖面消失的方法。只要他从此消失，不再出现，这座小镇就能恢复太平。虽然现实不一定遂愿……

我站起身，再次迈出步伐，撑起伞走进雨中。

途中，我数次看到熟悉的红色印记。但不论怎么看，都琢磨不透当中的含义。这跟无头杀人案有关联吗？

说到底，为什么会有无头尸呢？

湖上的尸体也是一样。为什么黑江队长的头会消失不见？究竟出于何种原因？

无头尸的原因……

镇上的居民不了解"推理"中无头尸存在的理由。更何况，他们从小到大，连普通杀人案都没接触过，自然不会去思考尸体被切掉头会有何种意义，可能连尸体和杀人现场的查证也做得不够充分。恐怕还是得请警察来进行现场查证和证据保护吧……不过，我对警察的搜查不抱期待。能真正派上用场的机构，只有政府的内务省和公安调查厅。不过，政府可不是呼之即来的，唯有他们判断有必要的时候，才会出面。

结果，没一个靠得住的。

回到旅店，朝木老板和厨师薙野大叔以及数个男子面色凝重地在交谈着什么。可能在聊那个案子吧。他们恰好聚集在旅店门口。我收好伞，小心避开他们的目光。

"喂，你跑哪儿去了？"老板拦住我问道，"不是说过，别老是往外跑吗？"

"是。那个……对不起。"

我缩起脖子，穿过门廊，走进大门内。

这时，背后传来逐渐清晰的汽车声。我停下脚步，往红砖道的前方望去。一个仿佛从黑暗中剥离出来的黑色物体映入眼帘。那是一辆疾驰的汽车。驶过水坑时，溅起的飞沫像是要将自身的影子甩向周围般。

车子眨眼间来到旅店门前，伴随着响亮的刹车声停下。

门开了，下来两个身着黑西装的男人。两人身材高大，身手敏捷，没有一丝多余的动作。其中一个男子头发几近全白，刻在眉间的皱纹彰显着他的年龄，但腰腿丝毫没有衰退的迹象，反倒十分矫健。另一个男人看起来年轻很多，肌肉不算发达，给人十分文雅的印象。由于他戴着墨镜，窥不见他的表情，不过嘴边带着轻蔑的笑容。两人的打扮和举止都十分精练，没有任何破绽，动作也十分刻板。

白发男人撑开伞，绕到汽车后方，打开车门。

另一个人从车里现身。

一个身着深夜森林色外套的少年——我曾在焚书现场见到过的那个，如人偶一般瘦弱的少年。不过他身型虽瘦，但个子比我高。看上去，年纪与我相仿。他一手拿着皮制小行李箱，一手拿着类似手杖的黑色长杆。从汽车上下来后，面无表情地看着旅店的方向，接着用持手杖的手若无其事地拂开挡住眼睛的头发。

少年走进白发男撑起的伞下，三人一并走上旅店的门廊。少年站在中间，另外两人配合他的步伐和速度，与少年并排走在一起。宛如两面行走的盾牌。

在一旁将一切看在眼里的朝木老板沉默地一动不动，仿佛被施了恶魔法一般，浑身僵硬。

我退到一旁，让少年等人进入旅店。

经过我身旁时，少年的目光与我交汇了一瞬。

我们擦肩而过。

他的眼中不带任何感情。

眼眸如同两个黑玻璃球。

我在附近的沙发坐下，静观事态的发展。

三人在大厅中央附近停下脚步。

"江野大人，请在这里稍作等候。"白发男说完，走到柜台前摇铃，"有人在吗？"

男子绕到柜台里侧，拿起黑板。黑板上写着客房入住情况。

"看来还有很多空房。"

"怎么了？要住宿吗？"

朝木老板畏缩地走了进来。

"这里的空房我们全包了。"男子以充满威严的声音说道。

"几天？"

"——江野大人，需要住几天呢？"

男子转头询问少年。

"一天就够了。"

"明白。"

男子从西装内侧取出类似证件夹的东西，出示给朝木老板看。

"想必你们都知道，我们是内务省检阅局的检阅官，被派来进行检阅调查。你们国民有听从我们的义务，明白吗？"

朝木老板的表情顿时僵硬。

检阅局！

果然这三个人的气场非同寻常。说到内务省检阅局，其实就是统治这个时代的组织。所有的情报都会汇集到检阅局，进行筛选分类。领头焚书的也是检阅局。即使是现在，检阅局依然有焚书权，以及对违法书籍的绝对搜查权。不过，这些只是表面公开的职能。至于实际情况，几乎无人知晓。是个充满神秘感的组织。

"明白了。"

朝木老板胆怯地垂着头，顺从地点头。

"感谢协助。"男子态度高傲地回道。

"接下来，我们该怎么做？"站在少年身旁的墨镜男依然带着轻蔑的笑容问道，"要是这次对方也能乖乖举白旗投降，那就轻松了。"

"举白旗也来不及了。"男子朝少年瞥了一眼，"江野大人会在这之前就把案子破了。"

"真治先生，我陪江野大人在这里，能麻烦你先去搜查一下吗？"

"等等，不能把江野大人交给你一个人，你去镇上搜查。"

"我不太习惯在这种穷乡僻壤执行搜查任务，没想到这小镇如此闭塞，文化冲击的影响真够严重的。"

"也不至于到搜查的程度吧。我们不过是负责搜集情报而已，千万别误会了。搜查一向是江野大人的工作。"

"可是……"

两人互不相让地争执着，少年转身背对他们，独自走到大厅里侧。

"江野大人？"

"我一个人可以。"他头也不回地说道。

"那可不行。我们有责任跟从、保护您——"白发男嘴上虽这么说，但还是顺从地退下，"属下明白。我们会在下午六点前回到这里向您报告。潮间，走吧。我们分头行动，速度会快一点。"

白发男丢下这句话后，便往外走去。

"明白。啊，好开心。杀人案呢，果然少不了这一步。"

墨镜男开着玩笑走出旅店。

过了一会儿，门外传来汽车离去的声音。

大厅只剩少年一个人。

他眨着那双特有的丹凤眼，朝大厅环视了一圈。没有露出特别感慨或不满的表情。

那就是传说中的少年检阅官吗？他的穿着不同于刚才陪同的两位随从，容易让人联想到军装。桐井老师说的"特征明显的制服"就是指这个吧。

不过，怎么也不敢相信，他就是检阅局的检阅官。再怎么看，都还只是个小孩，身型一点也不像大人，感觉轻轻用力，就能将其掰成两段。检阅局这种地方，会让小孩任职吗？

见那两个壮汉离开少年身边后，朝木老板、薙野大叔以及其他男子又恢复到之前的状态。朝木老板站到少年面前，低头看向他。薙野大叔也跟上来，站到少年旁边，一副气势汹汹的样子。

　　"别来找我们麻烦。"朝木老板说道，"这里没东西给你们烧，最好办完事赶紧走！"

　　朝木老板的话里夹杂着威吓与哀求。少年没有理会，似乎并没有把他们放在眼里，只是转了个身，经过他们身旁，默不作声地走了出去。少年不以为然的态度更是惹得他们怒火中烧，但自制力遏制了他们的冲动。虽然对方只是个少年，但没必要与检阅局的人为敌。

　　少年伸手越过柜台，拿起黑板旁的一支白色粉笔，默默地消失在食堂的方向。朝木老板等人则愤愤地咒骂了几句，离开了大厅。

　　我继续在沙发上坐了许久，眺望着喧嚣过后的安静大厅。

　　我还可以继续住在这里吗？没想到，他们竟然没把我赶出去。除了我借宿的房间外，其他都被检阅官们包下。在这种状态下，一个局外人继续住在这里着实尴尬。可我又很想知道案件的进展。然而，桐井老师叫我不要与检阅官扯上关系——

　　我悄悄地打开门，窥探食堂的动静。

　　少年将皮箱放在餐桌上，两手并排放在皮箱上，安静地坐在那里。他无所事事地凝望着餐桌的某一点。由于从清晨开始便下起瓢泼大雨，食堂内十分昏暗。时钟发出滴答滴答的声响。少年维持同一个姿势，纹丝不动。但眼睛是睁开的，看起来不像在睡觉，但却给人一种呼吸暂停的错觉。我决定暂时留在原地，继续窥探他的动静。

突然，他的眼睛转向我。

我吓得连忙"砰"地一声将门关上。

糟糕！他肯定是发现我了。我想过立马逃回自己的屋里，但觉得这样似乎不太好。于是我鼓起勇气再次打开门。

少年的眼睛依然看着这边。

我走进昏暗的食堂，反手将门关上。

"你、你好。"

我低头打了个招呼。少年的头这才微微动了动。

"你好。"

少年以平淡的口吻——略带些许恭敬的语气——回打了声招呼。不过说完后，他似乎觉得我的存在无足轻重，立马别开了视线。他将手靠在皮箱上，托着下巴，无精打采地别开脸。斜斜射入大厅的微光，照射在他的侧脸上，那张脸仿佛用蜡或石膏雕刻的一般，透露出一股冷漠的美感。放在皮箱上的手指，如同纤细的陶器作品。

"没想到会遇到你。"他冷不丁地说道。

表情没有丝毫变化，只是将目光投向这边。

"欸？"

"脚——"他指着我的腿，"是真的吗？"

"是真的啊。"

我没能弄懂他的意思，但还是如实回应道。

"你在海里游泳。"

他还记得。

"是、是的。"

"海是所有污染最后汇集的场所，是威胁我们生活的死亡世界——而你却能在里面自由地游动。"

"对。"

"一般人不会潜入那种地方。"

"是、是吗？"

"如果我的推理没错的话，你——是个人鱼。"少年以看似天真的表情说道。

不过他立刻轻叹了口气，恢复了刚才百无聊赖的表情。

"不过，好像错了。"

"人鱼……？"

"你的脚是真的吧？"

"当、当然是真的啊。"

"也就是说，你只是随处可见的普通人。"

说完这句话后，少年紧闭双唇。

我失去了转身离开的机会，僵在门口。滂沱的大雨至少为我解了围。但沉默无言多少有些尴尬，我努力地寻找话题。

"你是……来调查那件案子吗？"

听到我的问题，少年稍稍睁圆眼睛看向我。或许这就是他表示惊愕的表情吧。但他并没有给出任何答案。

"我住在这里，会不会妨碍你们？"

"妨碍？"这次倒是如实地回答了，"为什么？"

"我刚好也在这里借宿，所以担心会不会妨碍到你们搜查……"

"不妨碍。"

"那就好……"

"不过要记住，你只是个在这里借宿的局外人。如果我要烧掉这里，会事前通知你。你喜欢水，但不喜欢火吧？"

"烧掉？"我诧异地问道。

"我也不喜欢火。"少年了然无趣地轻声低语，"我是说如果。"

看来焚书活动不会马上开始，我可以暂时松口气。

不过，随着调查的深入，或许最后还是会得出烧毁全镇的结论。而手握最终决定权的，正是眼前这个稚气未脱的少年。由于他缺乏表情，我无法猜测他的想法。那淡漠的表情，仿佛傲视世间的一切。可是又有一种被世界遗弃般的孤独感。从他的神情和举止来看，这人不喜欢与人亲近，但也没有任何敌意或恶意。

真希望能再多聊点。

我打心底暗自期望。原本，我们是两条永远不可能有交集的平行线。他是隶属于政府的检阅官，同时这也是身份高贵的佐证。他是两个大人细心保护的重要人物，不可能与我友好相处。想到这里，我不禁有些忧伤。他不是我这个来自英国的远方旅人所能触碰的。不过，即使两条线不可能相交，稍微靠近一点也不可以吗？

我鼓起勇气，朝他迈进一步。

"我叫克里斯提安纳。"

我自报姓名后，他朝我稍稍歪起头。

"克里斯提安纳——这是女性的名字。"

"没错。"好久没有人听对我的名字了，"好像是为了不让我去参军。毕竟起个女性名字的话，参军时也会犹豫……我父亲是军人，但他却不想让我参与战争。"

"战争。"他轻声呢喃，"上个世纪就该画上句号，可现在依然在持续。"

当初正是为了消灭暴力、犯罪以及战争，建立和平的世界，才推行情报管制，也就是焚书。可如今，战争仍在某地上演。很少有人知道，其他地方在进行着怎样的战争。关于这一点，站在焚书最前线的检阅官是怎么想的呢？少年的表情看不出任何想法。

"请叫我克里斯。"为了打破沉默，我补充道。

"克里斯。"

"是。"

"我想问你一件事。"

"请问。"我莫名地紧张起来。

"你的名字跟克里斯蒂安娜·布兰德没有关系吧？"

"对，没有关系。"我立即回答。

克里斯蒂安娜·布兰德是英国的"推理"作家。如果不马上否认，我就会被怀疑。只要果断地否认，应该就没有问题……

"哼——原来你知道克里斯蒂安娜·布兰德是什么人啊。"

"啊！这个，那个……"

绝对不能暴露我知道"推理"的事实，这是应对政府官员的铁则。我必须要一开始就装作不知道。

"原来如此。"

"那个……那个……"

我莫名地结巴起来。

"我需要对你进行详细调查。"

他抓住手杖，似乎想要站起来。

他想对我做什么？

我不自觉地后退了一步。

但少年并没有起身。

"算了。"他兴味索然地说道，"只是知道'推理'并不算犯罪。你该不会还私藏着一两本书吧。"

我拼命地摇头。

他轻轻地闭上眼睛，再次用手撑着下巴。

"你感兴趣的不是我，而是'推理'吧？我刚刚还没明白你为什么会找我搭话，不过现在弄清楚了。"

"我并没有……"

"一般民众看到我，都会做出与旅店老板相似的反应。没有人会向检阅官打招呼。你最好记住这点，不要随意跟我们搭话，对你没有好处。"

他的话里虽有责怪之意，但也夹杂着些许孤寂。

有一瞬间，我仿佛看到了萦绕在他周身的孤独。

对"推理"感兴趣是事实，但不仅限于此。

"不是的。"我略带难为情地说道，"是因为我对你很好奇……"

"大家多少都会对我抱有好奇心，当然，是从敌对的角度。"

他若无其事地理了理衣领，像是在刻意彰显自己的检阅官制服，以提醒我们之间立场的差距，并在中间画上一条不可逾越的界限。

"对了，你叫什么名字？"

他微微垂下眼眸，继而再次看向我，开口回答道：

"江野。"

"江野——你真的是检阅官吗？"

他点点头，没有隐瞒的意思。

"检阅官要做哪些事？"

"正如字面意思，调查、检阅。还有搜索、发现、督促处理违禁品。检阅官需要有优秀的搜查能力和侦探能力，因为大部分书都被藏得很隐秘。检阅官这个工作需要极强的行动力，不是普通民众能够想象的。"

所谓的检阅，一般指在公布之前先进行审核。但上个世纪存在的书籍，以及在黑市流通的印刷品，无法进行事后检阅。禁书等也被持有者藏了起来，检阅官必须要有能力将其找出。他们必须要具备侦探的能力。听说最早的检阅官只是负责删改被禁字句或文章，但江野他们似乎并非如此。

"可你还只是个小孩……"

"我不一样。"

"不一样？"

——少年检阅官。

特别的存在。

看得出来，我们之间有一条难以跨越的界线。

不是所有人都有能力检阅丢失的"推理"。他所谓的不一样，或许是指这个吧。

我对他怀有近乎崇拜的感情。他才是我所熟知的侦探，与在镇上暗中作祟的"侦探"截然不同。如果说有人能与"侦探"相抗衡，那只可能是他。

少年检阅官的立场到底有多特别，我没有再继续追问。或许是我对这个问题心怀忌惮，因为桐井老师说过，少年检阅官专门负责调查"戈捷特"。真的是这样吗？

"穿黑色西装的那两个人，也是检阅官吗？"

"他们配备的身份证是这样写的。"

"但是……他们看起来像是你的随从。"

"怎么说呢。"江野垂下视线，"我不过是受政府管控的工具，你可以把他们当成是操控工具的人。他们看起来像随从，但其实他们才是主人……我不知道正确的主仆关系是怎样的。不过无所谓了，反正，我也只是个——检阅机器而已。"

检阅机器……这就是少年检阅官？

我感到迷惘。难道我和他之间的距离，不可能再缩短了吗？

"检阅局是个怎样的地方？"

"检阅局隶属内务省，不同于警察组织，实际地位更高一些。为了搜查，涉足警察管辖区域的例子不在少数。不过，我们虽有搜查权，但没有逮捕权。虽然为了执行公务，时常需要限制嫌疑人的行动。"

"那焚书权呢？"

"这是检阅局唯一拥有的绝对权利。检阅局麾下的人员全都有用火的权利。但是，基本上负责焚书的不是检阅官，而是焚书官。如果你看到穿着灰色防火服的队伍，最好赶快逃跑，以免被卷入危险事态。"

江野的话听不出丝毫夸张的成分。虽然在大多数人眼里，政府的焚书活动，是份十分荣耀的工作。

"江野，你看起来不像是政府的人。我以为负责焚书或者搜索的官员，应该是更为严苛的人，但你似乎不太一样。"

"是吗？我也不清楚。"

"你什么事都愿意告诉我……"

"因为你问了我。"

"我问了你就会回答吗？"

"我的心如同机械，只有单纯的辨别能力和条件反应。别人要我说，我就说。别人叫我做，我就做。我们从小被教育要顺从。"

"好意外……"

我也不太懂，他似乎并非在普通环境里长大的男孩。

也许这次遇见，对他来说，也不寻常。

"对了……其实我跟那件案子也不是没有关系。关于森林湖中发生的杀人事件，我亲眼目睹了杀人现场。我对整个案子记得非常清楚，有需要我帮忙的地方吗？"

"真治他们去搜集重要情报了。"

"这样啊……"

"不过或许可以作为参考。"

"真的吗？那太好了。"我打心底感到高兴。

"一天就能把案子破了吗？"

"不需要那么久。"

"欸？你们的搜查进展到哪一步了？"

"已经到最后一步了，接下来只需要确认。"江野说到这里，突然打开皮箱，将手伸到里面。"克里斯，你有地图吗？"

"等我一会儿，我去问问朝木老板。"

我跑出食堂，回到大厅。朝木老板正走出门廊，观察天空的状况。我站在他背后叫了一声，他惊讶地回过头。

"克里斯，这是要干吗？"

"请问……有没有这附近的地图？"

"我哪有那种东西！"

"啊，好的……对不起。"

我立刻回到食堂，报告江野。

"我被骂了一顿。"

"本想和本地的地图对比一下，不过也没事。"

他从皮箱里拿出看似价格不菲的终端机和换洗衣物并将它们放在一旁后，最后从底部拿出一个四角板。那是一个折叠了数次的大型相框。为了清出放置相框的位置，他把散在餐桌上的物品往外推了推。

"这是这座小镇的卫星照片。"

"哇，好厉害。"

被浓绿围绕的小镇。从太空的卫星上能清晰地看到，这座小镇是如何的闭塞。小镇恰好位于森林中央的一块空地上。照片十分清晰，连每栋建筑的形状，都照得一清二楚。连这种资料都能弄到手，真不愧是直属内务省的检阅局。

相框板上有几个位置插着红色大头针。不问也能猜到，那标记的是被画有红色印记的房子。从上空会发现，它们像群落般，集中在一个区域。原以为它们是随机地分布在整个小镇上，但事实并非如此。红色印记大概有三十多处。

"能给我看看吗？"

听到我的提问，江野疑惑地歪起头。他每次答不上来时，似乎都会做这个动作。

"那个，我是想问，这些算不算是搜查上的秘密……"

"你不想看的话，可以不看。"

"那我想看……红色大头针标记的是门上或室内被画上红色印

记的民宅吗？"

"反应很快啊，你说的没错。"

"有红色印记的房子全都标记在上面了吗？"

"一个也不少。"说着，江野拔起其中一个大头针，随意扔到桌上，"但没有任何意义。"

"什么意思？"

"犯人并没有在位置上做文章，即便标注红点，也找不到任何有效线索。"

江野说完，仿佛对地图失去兴趣般，将它推到一边。

"你的意思是说，留下红色印记的地点并没有特别的意义？"

"可以这么说。"

"可给人感觉有明显的分区倾向啊。"

"当然，那是有原因的。待会儿真治他们会带来消息，证明我的推测是正确的。"

"会是什么原因呢……"

"克里斯，你很想知道这件案子的真相吗？"江野突然笔直看向我，问道。

"那是当然。"

"既然如此，那我希望你能在旁边见证这个案子的始末。"

一时间，我没听懂他话里的含义。

毕竟这提议实在太过突然。

"不过……真的可以吗？为什么要我也参与进来？"

"因为你跟这次的案子存在关联，而且你也看到了很多现象。接下来，在案件结束前，你还会看到更多，同时也会思考更多，关于人的死亡以及玩弄死亡的人。或者你会想到自己，想到这个时代，想到世界，还有——我。"

　　"嗯……"

　　"到时候，请把你的想法告诉我。"

　　"如果只是做这些，我愿意帮忙。"

　　江野看向窗边，阳台上仍下着雨。

　　"我是个完美的检阅官——但我失去了心。"江野轻抚胸口，"这里已经检阅完毕。从各方面来说，它都处于最合适、最完美的状态。但透过你的眼睛观察，也许会发现，我的心里似乎存在某种未曾消失的东西，到那时候，我必须要决定，是否将其删除。"

　　失去了心——

　　那究竟是种怎样的状态？我无法想象。能像这样对话，不正是因为我们有心吗？江野的确散发着异于常人的气场，但完全看不出他失去了心。

　　"这个任务真的要交给我吗？为什么是我？"我战战兢兢地问道。

　　"因为你可以在海里游泳。"

　　这——也算是答案吗？

　　我把来到这个镇后的所见所闻，全部告诉了江野。反正他已经察觉到我熟知"推理"，我也只好坦诚地说出我的想法。包括"戈捷特"的事情也没有隐瞒。话虽如此，毕竟我才刚得知这事，倒是我问的比说的要多。

"江野，你是专门调查'戈捷特'的检阅官？"

"没错。"江野点点头，"只有我和其他几名检阅官懂得辨别'戈捷特'。"

"都是小孩吗？"

"如果十四岁也算小孩的话。"

"可'戈捷特'不是谁都能阅读吗？"

"可以。只要看得懂日语，谁都能阅读。但一般人没有办法读取所有写入的内容。你可以将其想象成一个小小的 3D 房间，里面塞满了密密麻麻的文字。每转一个方向，文字内容都会发生改变，所以需要解读立体密码的能力。"

"你可以读取'戈捷特'的所有内容吗？"

"当然。但这并非难事，只要有充分的时间，任何人都能解读。我们检阅官还能逐字逐句地精查'戈捷特'的内容是否有误。"

"太厉害了……可是，那也就是说……"

"没错，我的脑中装满了基准值数据，如果不能正确识破'戈捷特'，上了假货的当，就会变得难以区分真货。"

意思是大脑中装满了"推理"的要素吗……

江野瞬间在我眼中变得高大起来，但我也对他感到同情。竟然让一个人脑中装满杀人、犯罪的相关信息。

"这镇上发生的事情，果然跟'戈捷特'有关呢。"

"所以我才会来。"

"这么说，你已经判断出跟事件有关的'戈捷特'是什么类型的？"

"没错。"

"是什么类型？"

"'断头'。"

——"断头"的"戈捷特"！

"我们很早之前就已经确定，它就藏在这座小镇上。因为我们在几年前发现，镇上有人曾想去黑市售卖'戈捷特'。虽然无法查出那个人的具体姓名与住址，不过可以断定，嫌疑犯就在这镇上。后来情报线断了，当局决定静观其变。后来我们来到这里，听到了连续杀人案的传闻。事实上，这镇上每个月都会有几个人被砍头致死。从这件事几乎可以断定，连续杀人犯手上持有'断头'的'戈捷特'。"

连续杀人犯、犯人之类的词语，听起来好新鲜。镇上发生的种种怪事，并非意外和灾害，而是犯罪。脑中的思维逐渐变得清晰。一切都是罪犯犯下的疯狂罪行。

自从我来到这座小镇后，遇到的全是无法理解的怪事。红色印记之谜，无头尸，住在森林里的"侦探"。森林出现女鬼的传说，"侦探"半夜出现在我窗外，以及湖上的惨案。在被自警队包围的湖上，"侦探"留下黑江队长的无头尸后，凭空消失。

净是谜团。或许镇上还有其他我所不知道的怪事在发生，身着黑色西装的检阅官会负责收集相关情报。

"凶手假借'侦探'之名的行为，也很奇怪。"

"使用代号的凶手在'推理'中并不少见，比如'九尾猫''魔术师''蜘蛛人''影子人'等等。只不过这次的代号碰巧是'侦探'而已，可能存在某种复杂的原因。但也正因为如此，多少起到了混淆视听的效果。"

是"侦探"？还是犯人？

我一直带着这个疑问，追逐着"侦探"的影子。

但现在终于明白了。

"侦探"是凶手。

"从这镇上发生的种种事件看来，不难想象，凶手持有'断头'，并将其用于犯罪。"江野静静地说完，像个充满困意的孩子，揉了揉眼睛。"红色印记、女鬼传言、湖上的尸体都存在密切关联，没有一个是毫无联系的。"

"红色印记有什么意义？"我呆呆地注视着卫星照片板问道，"唯独这点，感觉跟杀人事件扯不上关系。不是吗？被画有红色印记的房屋主人并没有百分百被杀，也没有被发现砍头，似乎跟杀人事件无关……而且嫌犯只是留下红色印记，既没有偷窃，也没有破坏……会不会这事并非'侦探'所为，而是有人故意假扮成'侦探'的样子去做的？"

"不，红色印记跟一系列的杀人事件有着密切的关联，可以说是最象征性的行为。"

"不过……只是留下个红色印记，这种行为究竟有何意义？"

"你的眼睛应该已经看见了。"

"我的眼睛？"

"没错，嫌犯在各地留下红色印记的行为，有着十分重要的意义，而他的目的，你应该已经看到了才对。"

我到底看到了什么？

"红色印记毫无规律可言。留下的时间、气候、场所……全都毫无章法可循。他只会找没有人的屋子下手。不偷窃，也不破坏。那该从哪里开始着手解谜呢？你认为该关注哪里？"

"红色印记的形状……之类的。"

"好，不错。克里斯，你见到红色印记，会想到什么？"

"我想到了十字架……而且以几何图形的方式描绘在四面墙上，从镇上各地留下的印记来看，可能存在某种宗教背景。"

"没错。"

"真的吗？"

"但也不算对。"

江野拿起丢在桌上的粉笔，猛地抽掉桌上的餐桌布。

"你突然干什么？这样会惹恼厨师先生的。"

"惹恼？"江野转了转眼珠，歪起头。但他很快便忘了这事，在光滑的桌板上，开始用粉笔画了起来。"你说是十字架对吧。还能准确地回忆起红色印记的形状吗？"

"能……左右的横木往下垂，上下部分稍稍膨起。"

"嗯。那就没错了。"

江野在桌板上画出了十字架的形状。

与我在镇上看到的红色印记一样。

"这模仿的是基督教的异端之一，卡多格派的十字架。"

"卡多格派……完全没有听说过。"

"因为那是个不会公开活动的异端派。"江野一边注视着指尖的粉笔灰，一边说道，"卡多格派兴起于十六世纪中期，创始人是著有《奇迹之树》预言书的神秘学家乌里希·德·麦恩斯。他精通医学、科学、占星学以及预言，因为拥有特殊能力，被教会视为异端。同属于卡多格派的赫尔南迪斯·埃玛尔菲在著作《异端年代记》中记载，乌里希是个比撒旦还可怕的大魔王。其实，乌里希拥有神秘的预知能力，人们将其视为摧毁腐败贵族社会与教会的破坏者，或是新世界的创造主。顺带一提，他编写的预言书《奇迹之树》在焚书之前就已遗失。书里详细地预言了我们这个世界发生的大灾难。为了将自己的末日预言传承下去，他成立了卡多格派，并延续至今。"

"末日预言？"

"卡多格派将其奉为信仰，所以也可以说是末日思想团体。教会将其视为最危险的团体，不过从基督教当时的严格程度来看，这也不足为奇。"

末日思想这类言论，我早就听烦了。不过以前的世界远比现在和平，将其当成信仰也并非不可能。即使是现在这个时代，依然有人在信仰中迷失，受到怪异末日思想的侵染。毕竟谁都害怕毁灭与末日，将其转换为信仰，并非正确的做法。

"说到十六世纪，欧洲全境正处于被黑死病笼罩和猎巫的黑暗时代。关于猎巫，卡多格派的始祖乌里希似乎也站在反体制的立场，但当时教会才是正义的一方，他们只能是异端。"

听到江野突然提到黑死病这个词，我不由得惊呼了一声。

"怎么了？"

"以前我跟老师……哦不，跟朋友讨论红色印记之谜时，曾聊到过黑死病。你刚刚说的话让我联想到那件事。据说，为了防范黑死病，在隔离病人时，医生会在门上画一个记号。当时我们还开玩笑说，'这个镇会不会也爆发了什么传染病呢……'"

"这里没有传染病，这点我十分确信。我们已经调查过这里是否有可疑的传染病患者。"

"所以卡多格派、黑死病与门上的红色印记是否有关联？"

"全都可以用末日思想这条线串联起来。"

"卡多格派的人潜入镇上，为了警告镇民'末日将近'，才四处在门上留下红色印记吗？"

"从表面来看，确实会得到这个结论。"

"可事到如今，就算被告知末日将至……镇上的人就算看到十字架，也不会联想到末日思想啊……"

"没错——你分析得很对。若将其视为留给镇民的信息，似乎作用不大。如今这时代，并没有人能理解这记号。对于神秘红色印记的出现，或许他们当中能有人产生末日的共鸣。"

"这么说，镇上潜伏着多个卡多格派的人，他们利用这个作为通讯密码，相互发送暗号？"

"在别人家门上留下印记作为暗号，效率未免太差。"

"那凶手只是为了自我满足吗？"

"自我满足？"江野重复着这个词，"啊——如果是那样，那他的行为也太低调了，完全缺乏张扬性。"

"嗯……"

"别想得太复杂。记住凶手是懂'推理'的人就行。也就是说——卡多格派的十字架是为探索当中含义的人留下的。"

"欸？"

"说简单点，这些人就是包括我在内的搜查人员。很多人根本不会想着去调查红色印记的意义。但我们不一样，只要稍作调查，就会发现那个印记是卡多格派的十字架。然后我们会通过十字架调查到末日思想，将凶手当成是沉迷狂热末日观念的人，把他的行为视为精神病的罪行——"

"这就是真相吗？"

江野摇头否认。

"这是凶手铺设的剧本。不过凶手犯了一个大错，可能是从少量数据中获得知识的结果吧，这种错误在如今这时代并不少见。"

"错误？"

"克里斯，你站起来，到这里来。"

我依从江野的要求，绕过餐桌走向他。

"你看十字架。"

"嗯——怎么了吗？"

"现在你看到的形状是正确的卡多格派十字架。"

"但这个方向反了。"

"对，反过来了。原本正确的卡多格派十字架就是倒十字。直木下短上长。但凶手犯了个错误。他画成了普通十字架那样，上短下长。这说明他对此只是一知半解。这是常有的事情。"

"欸？为什么会这样？"

"凶手不在乎符号的准确性。也就是说，对凶手而言，印记的形状没有任何意义。"

"怎么会……或许，十字架颠倒过来，是代表背叛……"

"正如我刚才所说的那样，卡多格派原本就是背叛的异端派，所以他们才会用倒十字。既然本就是颠倒的记号，也就没有必要再倒转回来吧。"

原来如此……凶手可能以书本或传闻作为参考，选中了卡多格派的十字架。但因为了解太少，一开始就把形状记错，甚至没意识到形状完全颠倒了。以凶手浅薄的学识，根本难以瞒过检阅官的眼睛。

"既然印记的形状没有意义，那凶手为什么要画十字架？"

"十字架不过是欺骗我们的幌子。目的是为了误导、引开注意力、错误导向——实际上，对凶手而言，印记是十字架、骷髅头还是双头鹰都不重要。凶手的目的与宗教或哲学信念没有任何关系，而是更为直接的东西。"

"也就是说，凶手潜入民宅的真正目的不是画红色印记。"

如果有意义的不是印记本身，而是画印记的行为——那凶手为什么要留下印记？涂红漆是为了掩盖或者隐藏什么吗？比如，擦不掉的指纹或血迹……为了掩盖某次失败的罪行，刻意用红漆覆盖痕迹。但只涂一个地方反倒容易让人心生怀疑，所以到处在房子上留下相同的记号——不对，这样更引人注目，完全与原本的掩盖目的背道而驰，反倒会更容易暴露。

江野已经知道红色印记的含义了吗？

"江野，你知道凶手的目的了吗？"

"当然——答案是偷窃。"

"偷窃？"

可事实上，并没有什么东西被偷啊。而且，偷窃与印记，两者不像是有什么关联啊。

正当我打算发问，江野抢先开口。

"红色印记的部分，等真治和潮间的报告吧。有些事情还需要想清楚。毕竟死了那么多人，而且还变成了无头尸。"

没错，这么多人被杀。我把湖上杀人案当成无解的谜团，在脑中经过处理，丢进记忆的角落。可这并不是说忘就能轻松忘却的事情。

"你看到尸体了？"

"嗯。"我想起黑江队长的无头尸，至今仍感到无比恐惧，"胡乱地抛弃在船底……周围满是鲜血……头颅消失不见。"

"他是如何从湖上消失的呢？为什么偏偏要割下头？还有，为什么要把头带走？克里斯，你好好想想。凶手在某种意义上是无头尸贼。如果把杀人视为偷窃的一种，也就能和红色印记的事串联起来了吧？"

"完全连不起来啊……无头尸贼是什么？而且在红色印记事件中，根本没有东西失窃啊……"

"你只是没有注意到。"

没有注意？

我到底漏掉了什么呢？

"克里斯，今晚你有事吗？"江野冷不丁地问道。

"我一般都没什么事。"

"那就好。"

"晚上要做什么吗？"

"接下来的行动要在夜里进行，在这之前，你先好好休息。"

江野神秘兮兮地说道。他并非故意不告诉我事件的真相。只是习惯沿着逻辑的长路慢慢抵达最终点，非常符合侦探的作风。我虽然心急，但更多的是兴奋。

果然得这样才行啊。

"嗯，好，等到晚餐时间，我会再回到这里。"我帮忙把堆在桌上的桌布、卫星照片板和江野皮箱里的物品全部复原后，往食堂门口走去。

"别再弄乱了哦。"

江野默默地点点头。

我往尤里的房间走去。从早晨开始，他的身体状况似乎就不太好，我有点担心他。今天他也没有来旅店帮忙。

我敲了敲尤里的门，没有反应。门虚掩着，可以看到房间内部的情况。尤里好像正躺在床上，我悄悄推开门，往里窥探了一眼。尤里的状态似乎并不严重，我安下心来，正打算离开。

"是克里斯吗？"

尤里揉了揉眼睛，醒了过来。稍稍垫高的枕头旁，放着一个收音机。从耳机中传出的声音，如同下雨声。尤里的脸色算不上健康，但也不坏。

"感觉好点了吗？"

"你是因为担心我吗？谢谢你。"

尤里摘下耳机，在床上重新躺好。

"感觉刚才旁边一直有人守着我……是你吗？谢谢。"

床边的小桌上放着浸有湿毛巾的盆。

"不是我哦。"

"欸，那是谁呢……"

应该是朝木先生吧。别看他平日说话有些粗鲁，其实非常心疼自己的儿子。设身处地地想了想，我不禁心痛起来。尤里的病可能比我想象的更严重。

"对不起，我什么都帮不了你。如果有需要的话，我可以帮你拿点药过来。如果是头痛药或者感冒药之类的，我包里都有……"

"我没事，不用担心我啦。"尤里微笑着说，"不过收音机里完全不会报道这次的事件，现在究竟怎么样了？"

"唔……我也不清楚。毕竟政府已经在调查了，应该是不让报道吧。"

"这样啊……"尤里以无法释然的表情嘀咕道，"其实我在想，以后加入黑江队长的自警队也挺不错的。"

"真是遗憾呢……"

"可以问你一件事吗？"

"可以啊。"

"为什么人要故意杀死别人？只要耐心地等待，人总会病死或者老死的，不然也会因为洪水、海啸之类的，提早丧命。"

"我也不懂。"

"连你也不懂吗？"不知为何，尤里露出了安心的神情，"如果你都不懂，那我不管怎么想，也不可能懂了。"

说到底，焚书真的是正确的选择吗？

消除碍眼的暴力描写，的确能让部分人变成"循规蹈矩的平民"，也不会发生骇人听闻的案件，表面上看，似乎一片祥和。可我和尤里明明同样是人，却似乎存在某种不同，这并非单纯的没有共同语言的问题。

后来，我和尤里围绕焚书和"推理"的话题聊了好一会儿。我喜欢"推理"故事，也喜欢单纯的聊天。就在我们聊着夏末、这一带的植物和北国的雪期间，时间不知不觉地流逝。

"今天先到这里，我要回房间了。"

"下次再来哦。"

尤里挥挥手，再次把收音机的耳机戴回耳朵上。

第五章 末日的

在房间休息了一会儿后，厨师薙野大叔用内线通知我，晚餐时间到了。

打开食堂门的瞬间，我有点不敢相信自己的眼睛。餐桌上像是被炸过一般，凌乱不堪。我之前帮忙复原的桌布，像个筋疲力尽的幽灵般，瘫软在地上。原本整齐排列的烛台杂乱地倒在墙边，上面的蜡烛早已不见踪影。被掀去桌布的位置，用粉笔画着一些文字和图案。那些文字出乎意料地整齐，与餐厅杂乱无章的景象十分违和。餐桌上胡乱摆放着先前见过的终端器材，那只熟悉的皮箱也打开着，被随意地丢在一边。

江野正坐在凌乱的房间中央。不知为何，他将椅子朝向窗户的方向，正一动不动地凝视着窗外的雨。

"江野。"

"哦，克里斯。"江野应声回头，"还没到约定的时间吧。"

"不啊，已经到晚餐时间了哦。"

"是吗？"

"怎么弄得这么乱……"

面对我的质问，江野没有吱声。

"朝木老板和薙野大叔看到会生气的。"

"谁管他们。"

"真是……拿你没办法。"

我开始收拾起一片狼藉的桌面。我喜欢整理，混沌逐渐化解的感觉，与"推理"的乐趣十分相近。整齐罗列，详细说明，逐一收纳，完美收尾……

"你也来帮帮忙啊。"

"好吧……"

江野乖乖地整理起自己身边的物品，态度十分顺从。

这时，薙野大叔端着盘子走进食堂。

"这是在搞什么啊！"

薙野大叔刚见到食堂的惨状，便大声地嚷嚷起来。

"啊，那个，没什么。"我慌忙解释道，"我马上收拾干净。"

"你们打算对我的食堂做什么？！"

"那个……怎么说呢。"

"不给我收拾干净别想吃饭！"

"是！"

我慌忙继续收拾起来。

"对客人太没礼貌了吧。这是镇上的风俗吗？"

江野毫不避讳地说道。好在薙野大叔没有听见。我连忙叫江野闭嘴，过了好一会儿才勉强将桌子收拾干净。

没过多久，四人份料理整齐地摆放到桌上。应该是检阅局那边三份，外加我一份吧。盛在大盘里的野菜意面堆成了一座小山，不禁让人怀疑是否弄错了分量。

时间正好是傍晚六点。

我端着盘子，刻意坐到离江野较远的位置。因为若是坐得太近，被其他检阅官看到我们聊天，怕是会惹祸上身。江野并没有在意，只是默默地吃着意面。

过了一会儿，外出搜查的两名检阅官都回来了。

"无头尸真不错。"

墨镜检阅官带着得意的笑容走进食堂，迈着好似舞步般的轻盈步伐，走到江野身边。高龄检阅官则紧抿着嘴唇，默默地跟了上来。两人身上的黑色西装无比沉闷，容易让看到的人心情低落。他们手上拿着小型液晶终端机器。看来这东西是用来储存搜查情报的。我记得江野的皮箱里也有个一模一样的机器。

"每转过一次街角，我就能听到摇滚乐。当然，只是在我的脑中播放。"

"闭嘴，潮间。别老说些没用的话。"白发男不耐烦地呵斥道，"年轻人做事都这么不分场合吗？这可是在江野大人面前！"

"抱歉啊。嘿嘿。"

他毫无顾忌地拉出餐桌椅，坐在江野面前。看来，这个墨镜男名叫潮间，另一位白发男似乎叫真治。两人对江野的态度存在些许差异。而且在礼节方面也截然不同。

"江野大人，我们回来了。"真治深深地鞠躬说道。

“这是什么玩意？”潮间将墨镜轻推到头顶，看着眼前的意面，“一看就很难吃……江野大人，我劝你最好别吃。上面也有规定，不能随便吃没有经过检查的食物。”

“我已经验过毒了。”江野衔着叉子说道。

“这不是江野大人该做的事。”白发男谏言道。

“没事，虽然难吃，但应该没毒，吃吧。”

“哪有心思吃东西，现在是报告时间。”

“真治，边吃边报告不是挺好？。”

“哼……”

“不吃吗？”

“我们不在江野大人面前吃。”

真治推开眼前的盘子。

“那可以开始报告了吗？”

潮间单手操作终端机说道。

“到房间里报告比较好吧？”

“不用，”江野说，“直接开始吧。”

“明白。”潮间将手边终端机的耳机塞进耳朵，“哦，对了，有件事我比较介意，那边那个外国小鬼是谁？”

他扬起下巴，指了指我。

我心头一惊，假装什么也没听见，继续吃着盘子里的意面。

“是住在这里的旅客吧。”真治说道。

“要不要请他出去？”

"太浪费时间了。"江野毫不犹豫地回道。

"可这样会不会妨碍我们执行公务……"

真治提出异议。相反,潮间则十分赞同江野的说法。

"算了,他看起来也不懂日语。而且根据检阅局的调查结果,这次的案子并没有外国人参与。"

"镇民议论纷纷的金发少年,就是他吗?"真治恍然大悟地说道。

"他来到镇上才几天,应该跟从几年前就开始的案子没有关联。不管怎么说,我们这不可能存在情报泄露的情况,对吧?"

看来我暂时安全了,我在心里舒了口气,同时极力让自己面无表情,装作听不懂的样子。

"一旦发现有妨碍调查的东西,直接铲除就行了。"

潮间最后补充的那句话,让我不由得心头一颤。

检阅官果然好可怕……

"江野大人,真的可以在这里进行吗?"

"当然。"

"那么,先来说明一下杀人案件。"说着,潮间咧嘴笑了笑,"检阅局掌握的杀人案只有七件,但实际远不止这些,目前能确认的只有这几件。所有死者在被发现的时候,都已经被割去头颅,报告分为只发现尸体和只发现头颅两种。死因全部不明。七件中有五件的被害者为男性,两件为女性,年龄老少都有,没有发现共通点。"

"有共通点,他们都是大人。"江野插话道,"未成年人不会被害。"

"唔……您说得没错，洞察力果然敏锐。不过，全体被断头，也算是一个特征吧。啊，还有，据说他们都是鬼魂的目击者。被杀的几天前，多数受害者都声称见到了鬼。关于鬼魂，目前还未掌握其真实身份。说不定，那只是凶手的恶作剧吧。"

"关于鬼魂，我待会儿再做补充。"真治说道。

"明白，那我们继续。检阅局方面只确认了一具尸体。大约在四个多月前，有个镇民向警察报案，检阅官乔装成警官前去回收尸体。顺带说下，虽说是尸体，但其实只有头部。原本被发现的时候，就只剩头颅了。这个可怜的男子，今年二十五岁，先前在一家破旧的工厂做小零件。他的头被锐利的刃器切断，躯体下落不明。死因不明。后脑勺有被敲打的痕迹，很有可能是致命伤。杀人现场不明。发现地点在河岸。推测是从河川上游漂下来的。上游有森林，被害者名字叫……钏枝。"

"跟红色印记有没有关系？"

"没有。其他已掌握的六件杀人案中，只有一个受害者的房屋被画上了红色印记。红色印记与杀人案之间没有明显的联系。"

"关于那个名叫钏枝的男子，还有其他信息吗？"

"据说，这个钏枝身边的一位朋友有过奇怪的经历。"潮间操作着终端机，"被害人钏枝曾对一个自称自警队员的人，以及工厂同事聊起过一件事……"

潮间开始说明起了钏枝的情况。

有个女子双眼受伤，被发现倒在森林边。那个女子与钏枝是青梅竹马。据说，钏枝把那女子在森林里的经历当做奇闻，说给了自警队员和同事听。

女子在森林里发现了无头尸。那尸体被藏在森林的小屋里。谁知小屋突然消失，只留下一具尸体。后来，有个身着黑衣的怪人出现，弄伤了女子的双眼。据说女子逃窜时，不小心走到森林的尽头，碰到了墙壁。

失去双眼的女子杳无音信。如果钏枝所说的话属实，那她很可能已经死在了森林里。钏枝本人恐怕也是在森林中遇害，只有头颅被丢弃，漂到下游。

我顿时想起尤里说的故事。一个小孩在森林里迷路，醒来后在一间小屋里，还与"侦探"交谈的故事。失明女子最后看到的小屋，与少年遇到"侦探"时的小屋是同一个地方吗？

女子在森林尽头触摸到的墙，究竟是什么？包围森林的墙，真有这种东西吗？若真存在这种墙，那它为何存在？脑中再次浮现出感染病隔离的推测。若整个小镇是为隔离传染病而建立，那一切就说得通了。

"另外，还有一件重要的事。那就是自警队队长被杀的案子。也多亏了这个，我们终于可以光明正大地调查了。这是唯一一个目击到杀人现场的案子。目击人数众多，但几乎全是自警队员。所以整个自警队都有嫌疑。"

话题转移到了湖上杀人事件，我有些紧张。因为我也是杀人案的目击者之一，说不定矛头还会转到我身上。

但是，他们的谈话完全没提到我。或许自警队的要人先生并没有向他们提起我。

"凶手从湖上消失，只留下一艘船、一具无头尸，以及被认为是凶器的斧头。但并没有留下任何可疑的指纹。也就是说，我们可以将对方视为'戈捷特'持有者吧。"

很少有人知道杀人现场取证会涉及到指纹采集。凶手不但知晓这点，还事先进行了防备。这说明凶手具备一定的"推理"知识。通过这件事推测凶手为"戈捷特"持有者应该没错吧。

"船上的血迹和斧头的血迹都与被害者的血型一致。"

"其他遗留物品呢？"

"只有对讲机。从频率设定来看，可以确定是自称自警队队长黑江的用品。此外没有发现其他特别的物品。也许打捞湖底还会有新发现，但那显然不太可能。"

"那凶手从湖面消失去了哪里呢？"真治问道。

"不清楚。"潮间将餐桌一角的卫星照片移到手边，"湖在这里对吧。"

潮间指着的地方，有个呈新月形的湖。我们最初目击到"侦探"的船，恰好浮在新月的中央附近。

"岸边部署了自警队员，虽然浓雾中可见度低，但有数名目击者确实看到了湖上的杀人过程。"

"天色那么黑也能看清？"江野问道。

"湖面刚好被朦胧的灯光照亮，可能是手电筒，或是油灯……"

"发现了相关物体吗？"

"没有。"

"那天晚上黑江有什么动向？"真治代替江野问道。

"他好像是和自警队员分开行动，但用对讲机和队员联系过几次。"

"所以……这里有个重点，"真治说道，"尸体真的是黑江本人吗？"

"无法断定，但对讲机是他的。"

"指纹呢？血型呢？"

"无法验证。"

"为什么？"

"首先，我们根本不清楚黑江的血型。至于指纹，虽然可以从黑江的房间取得，但那也未必是他的指纹。"

"没有人能从体型判断出是否是黑江吗？"

"自警队副队长，一个叫要人的男子，坚称尸体主人就是黑江。但问他有什么根据，他也答不上来。"

"事情已经很清楚了。"真治轻声嘀咕道，"从跟此案有关的'戈捷特'是'断头'这点来看——船上的尸体不可能是黑江。"

当然，我也考虑过这种可能性。

但这件事真的就像"推理"桥段那样吗？

无头尸的掉包——若真是如此，那我们看到的尸体究竟是谁的？而黑江队长又去了哪里？

"把黑江定为凶手应该没错吧？"真治说道。

黑江队长是凶手？

我差点条件反射地大叫起来，但还是极力假装听不懂的样子。

"凶手在湖上消失也和自警队存在很大关联，如果黑江就是凶手，那自警队的行动就完全在掌控中了。"

"你的意思是，自警队也参与了作案？"

"不，不能说全员都有牵连。"

"别再胡乱推测了。"江野托着腮，百无聊赖地说道，"报告事实的部分就行。"

"抱歉，江野大人。"

"那我继续说了。有一点对我们来说非常关键……那就是被害者周围，没有发现任何'戈捷特'的迹象。证据、传言，以及'戈捷特'本身，全都一无所获。此外，在被害者们过往的生活史中，未发现任何书本或'戈捷特'扮演重要角色的痕迹，也未找到与'推理'的关联性。"潮间放下终端机，摘掉耳机，"关键的'戈捷特'依然在犯人手上——报告完毕。"

"接下来是我的报告。"真治转向江野说道。

"首先是关于数次在森林附近被目击到的鬼魂。"

"总不至于真的有鬼吧？"结束报告的潮间轻松地反问道。

"但目击者众多。大部分镇民都相信鬼的存在，而且几乎所有人都相信，鬼就是整个事件的元凶。被目击到的鬼魂为女性，浑身苍白。而且据说目击到鬼魂的人都会被杀。鬼魂与凶手间的联系似乎比红色印记更为密切。发生湖上杀人事件当天，也有镇民目击到女鬼，还引发了骚动。自警队曾尝试利用这次机会接触'侦探'。"

"结果遭到报复了吧。"潮间边吃着意面边嘀咕道。

"但鬼魂不可能直接杀人，据说它时常出现在森林旁，引诱人们进入森林……从这点基本可以推测，鬼魂和凶手不是同一人，它主要负责引诱。有可能存在假扮鬼魂的共犯。不过突然从眼前消失这一点，人是不可能做到了。会不会是利用了'推理'中的诡计……"

"莫非真的是鬼。"潮间拍着手，开心地附和道。

"你吵死了，能不能给我消停会儿？"真治呵斥道。

"请继续。"

"是，非常抱歉。"真治听从江野的指示，"接下来是红色印记部分。根据我们掌握的情报，被画有红色印记的民宅共有六十五栋。目前可调查范围内只有这么多，也许实际更多。被画上印记后，照常生活的住户有四十八家，其中两家全部重建，其他则只是简单的清理或改建。由于油漆很难去除，大多住户都选择重新刷一遍。换掉所有壁纸，加强安全防范，防止犯人再次进入。大致就是这些，居民那边没有特别奇怪的举动。"

"最后也没有东西被偷吧？"潮间问。

"关于这点，我很仔细地问过了。"真治这才初次操控起手上的终端机。"那些居民都非常肯定地说没有东西失窃。盘问是我的拿手项目，他们应该没有对我撒谎。还有人当面发誓，从他们身上没有看出任何可疑点。"

"根据我的盘问结果，也可以确定没有东西失窃。"潮间将墨镜推到头上说道。

没有东西失窃……

但江野明明说有东西被偷了啊。

"凶手的目的到底是什么？"

"也许是我们完全不感兴趣的东西。"真治面带难色地说道。

"嗯，有道理。像一般人容易疏忽的小发夹、零钱、雨水槽的卡接器之类的，凶手有可能是窃取、收集这些东西的变态。不过这凶手真的很有意思，竟然能在无人目击的情况下，再三侵入民宅。不对，有可能目击者都已经被——"

瞬间，沉默降临。

为了不至于被雨声掩盖，真治继续说道：

"其次，被画上红色印记的民宅有个共同点——就像我们事先确认过的那样，几乎都是建于七十年代到八十年代之间，稍微有些老旧的民宅。留有印记的房屋中，百分之九十以上是平房，而且每栋房屋都只有一个房间留有记号。墙壁几乎都是白色，因此红色记号特别显眼。留有印记民宅的家庭成员没有明显的特征，犯人也没有专找容易下手的房子——比如集中对老人独居的房屋等下手的倾向。"

地图上的红点密集区或许只是单纯地根据地域划分出房屋开发年代。这点十分重要，只有老旧的屋子被画上了红色印记。

"再次是关于我们亲爱的犯人——'侦探'。"真治刻意做了个铺垫，"镇民认为'侦探'自古就扎根在镇上，但实际并非如此。有关'侦探'这个奇怪人物的传言，几乎与红色印记同时出现。身裹黑色斗篷，脸上戴着黑色面具。最初居民们将此当成都市传说，在镇上四处传播。"

　　"留下红色印记的黑色怪人……的确很像都市传说。"

　　"后来，传说逐渐升级，'侦探'变成了镇上不可或缺的存在。相信'侦探'是怪物化身的愚民不在少数。但谁也不清楚'侦探'留下红色印记的目的，以及'侦探'的真实面貌。'侦探'逐渐成为统治这座小镇的偶像，但'侦探'并没有利用这一点。镇民也没有特别崇拜的倾向，只是偶尔利用'侦探'之名教育孩子而已。"

　　"但他跟我们所熟悉的'侦探'有着天壤之别。"

　　"反正是个冒牌货。根本没有名叫'侦探'的'戈捷特'，'名侦探'倒还有可能存在。"

　　"不管怎样，这镇上的'侦探'就是个可恶的连环杀人狂魔。"

　　"最近自警队在严密监视'侦探'的动向。尤其是队长黑江，为了追捕'侦探'策划了各种方案。湖上的杀人案也是黑江在追捕'侦探'期间发生的。但这当中存在一个不可忽略的小疑问。黑江真的在追捕'侦探'吗？追捕'侦探'是镇上其他居民从来没有想过的事情，居民们多少受到了'侦探'的恐怖影响。"

　　真治没有继续说下去，但可以猜到他想说什么。

　　如果黑江队长就是"侦探"，那他在森林里追捕"侦探"，以及"侦探"从湖面消失，都成了黑江队长自导自演的戏码，连船上的尸体都是事先找好的替身。这的确与"断头"诡计十分贴合。而且，对于完全不了解"推理"和杀人案的镇民而言，无论如何也想不到尸体掉包的事情。

难道"侦探"的真实身份就是黑江队长？

"最后——"真治放下终端机，"我按江野大人的指示，前去调查了小镇的废弃物处理系统。位于河边的废弃物处理场基本会在每周三出车回收可燃垃圾，每月第二个周四回收不可燃垃圾，然后运到特定的收集场。废弃物处理场规模虽小，但也兼具火力发电。我向员工打听过，他们说从来没有回收过书本或'戈捷特'。"

江野听完报告，轻轻点头。

"报告完毕。"

真治像是完成了一件重任似的，呼了口气。

"这次的'戈捷特'真的只有'断头'而已吗？会不会还隐藏着'消失'或者'盗窃'？"

"不管还有没有其他'戈捷特'，既然这个人了解'推理'，就有可能制造某种创造性的犯罪。"

"说得有道理，都杀了这么多人，凶手简直是疯了。他有可能是我至今接触的案子中，杀人最多的一个。"

"而且还会在杀人过程中做出更残酷的事情吧。"

真治露出沉着的表情，静静地说道。

"总之，不管它杀了多少人，又有多少人被杀，反正我们的目的就是找出'戈捷特'，并将其删除，仅此而已。"

墨镜搜查官将吃完的盘子往前一推，从西装内侧取出手帕擦了擦嘴。

"江野大人，接下来该怎么做？"

"稍微休息一下。"

"您也累了吧。先好好休息会儿，为明天做准备。"

"嗯，那今天的工作算是结束了吧。"潮间说道，"我们回房间休息吧。"

"顺便确认一下——明天有希望逮捕到凶手吗？"真治问道。

江野静静地摇摇头。

"希望如此，"真治站起身说道，"对我来说，江野大人的人身安全才是最重要的。"

检阅官们就此散会，江野在两人的保护下走出食堂。我不敢开口叫住他，继续假装吃面。墨镜男走过我身边时，咧嘴笑着搭讪："哈啰！ very cute"。我有种被戏弄的感觉，决定不予以理会。不过，我不确定墨镜后的眼神是怎样的……

吃完意面后，我将检阅官们用过的盘子收拾好，一起拿到厨房去。厨房里的薙野大叔正无聊地叼着烟卷。见我进去后，立刻掐灭烟头，开始洗碗。

"那些家伙在说什么呢？"薙野大叔问道。

"在说'侦探'的事，还有黑江队长的案子……"

"这样啊。"

"薙野大叔，你对'侦探'这件事怎么看？"

"其实，我本来是个外地人，以前在一个很遥远的小镇上当厨师。可在这个时代，没几个饭店能经营长久的。我四处流浪，辗转来到这座小镇。说实话，这镇上的人十分古怪。刚开始我很反感，甚至想马上离开。我不想被卷进麻烦事里，所以不管遇到什么怪事，我都装作视而不见。后来，我慢慢地习惯了这里，朝木老板也对我很好，我渐渐地也成了这镇里的一份子。哈哈……不过，相对的，我似乎也失去了某样重要的东西。你能懂这种感觉吗？"

"嗯……"

"我做的饭菜怎么样？"

"非常好吃。"

"那是当然了。"薙野大叔露出了满意的笑容，"明天的早餐我要做个特大份的，你就心怀感激地享用吧。"

"不、不，普通份量就行了。"

我慌忙劝说道。普通分量真的已经够多了。

回到食堂，本应已经出去的江野又出现在了那里。

"江野，怎么了？"

"我有话要对你说。"

"对我？"

"嗯。"

江野在餐桌上打开皮箱，在里面摸索了一阵后，取出了先前那块卫星照片板。

"你进去过森林？"

我点点头。江野指着照片上的一点。那是在森林的正中央。乍看之下似乎什么都没有，但仔细观察会发现，上面有一栋灰色的小建筑物。不管怎么看，都不像普通的民宅，周围完全被森林包围。

"那你有见过这栋建筑物吗？"

"没有。难道这是……'侦探'的住所？"

"不好说。"江野若无其事地回答道，"而且附近还有个小农场。"

江野指向的位置十分开阔，是一片井然有序的绿地。不同于自然生长的森林，那里有明显的人工痕迹。

"这是什么？"

"去确认一下。"

"确认？"

"去森林。"

"明天跟检阅官们一起去吗？那够呛呢……要小心哦。"

"不，是跟你一起去。"

"——跟我？"

"没错。"

"为什么要找我？"

"我不是说过了吗。这案子要跟你一起解决。"

"这样合适吗……我是说……检阅官们会生气吧。刚才我也听了你们的谈话……到时我会不会被怀疑？"

"不清楚。不过那两人也算是优秀的检阅官，他们说不定早就看穿你了。"江野语气淡然地说道。

"这、这可就难办了。"

"不用在意。"

"感觉那些人好恐怖啊。"

"我无法体会你的心情。"

"只是去森林里确认照片上的建筑物对吧？应该能马上回来吧？"

"如果途中没遇到鬼的话。"

"鬼！"

"那毕竟是片有鬼出没的森林啊。"

我刚想表示抗议，江野打开皮箱，从里面拿出一个黑色的棒状物体，塞到我手里。那东西很沉，摸起来十分冰凉。

是手电筒。而且还是强力聚光灯。

"等大家睡着后再行动。"

"真的要去？"

"当然。而且由你来下命令。"

"我……？"

江野朝我投来期待的眼神。

"那、那我们半夜十二点整在这里集合。然后一起进森林调查。"我极不情愿地说道，"这样行吧？"

江野点点头，拿起皮箱和手杖，走出了食堂。只剩下我在原地愣愣地盯着手里的手电筒。

在约定时间到来前，我想躺在床上休息一会儿。但眼睛无比精神，别说睡觉了，脑袋反倒越来越清醒。也因为如此，墙壁和天花板的嘎吱声也变得格外清晰，而且似乎还能听到远处森林的低吟声。我硬着头皮下床。旅店里的人和检阅官似乎都已经熟睡。为了以防万一，我将各类物品放进背包里，背在肩上，尽可能悄声地走出房间。

我打开手电筒，踏上漆黑的走廊。手电筒射出蓝白色的光。确定没有人影后，我快步向食堂走去。

江野依然穿着跟白天一样的衣服，手持手杖，站在幽暗的空间里。

"江野。"

"来得好早啊。"

江野有些意外地说道。接着在昏暗中定睛看了看手表。他没有带手电筒。

"我实在等不及了——"

"那我们早点出发吧。"

江野没有等我回应，率先迈出了步子。

"等等我，也不用那么着急吧。"

我跟着江野走出大厅，快步来到玄关门前。

只凭我和江野两人，能够搜查森林吗？鬼魂虽然恐怖，但路上遭遇麻烦会更可怕。而且，断头杀人魔"侦探"也潜伏在森林里。我们也有可能步黑江队长的后尘。

正要走出门外时，江野猛地回头。

"出门前，我必须先告诉你一件事。"

"什么事？"

"我。"

"嗯。"

"没办法一个人外出。"

"欸？"

"我不能进入开放的空间。"

"为什么？"

"……每当我想一个人外出，身体就无法动弹。"

我以为他是在开玩笑。但看到江野严肃的表情，我立刻意识到这并不是玩笑话。

莫非他得的不是幽闭恐惧症，而是开放恐惧症？可是，既然没有心，为何会有恐惧感。或许是因为过去有过什么不好的遭遇吧。

"那要怎么办？"

"虽然我一个人没办法外出，但身边有人就没问题。所以，克里斯，我需要你一直待在我能触碰到的范围内。"

"那没问题……"

他深夜邀请我去探险，或许是出于这个原因。江野似乎并不完全信任那两个黑衣检阅官，可又希望有人能陪他外出，所以才想到了我吧。不管怎么样，他确实需要我的帮助。不管是以何种形式被需要，我都感到欣喜。

"好的，明白了。"

我们一同走了出去。屋外下着无声的细雨，微小的雨滴感觉不到温度和重量。在黑暗中，甚至窥不见它们的身影，只是静静地濡湿了红砖道。在手电筒灯光的照射下，瞬间闪过亮光的雨丝，细到如同一根根丝线。因为几乎感觉不到雨的存在，我们决定冒着雨前进。

"如果我现在说想回去，你会怎么办？"

我向身旁的江野问道。他似乎有些紧张，步伐变得有些僵硬，但还是笔直看向前方，开口回道：

"如果你要这么说，那我听你的，我向来顺从。你不想去吗？"

"没有。抱歉——我们还是去吧。"

江野虽然不在意他人，但习惯了服从。他不会反对黑衣检阅官们的意见，对于我这个陌生人的提问，也是如实回答。而且，在户外行走时，还必须要依赖别人。且不论他的检阅官身份，我对他的侦探能力感到有些不安。按理应该是侦探带着我走才对啊……

夜晚的小镇如同海底一般沉寂。我们背对着昏暗朦胧的路灯，往漆黑幽深的前方进发。江野依旧在我身旁，不紧不慢地往前走着。若是双方距离稍稍拉开，他会小跑着慌忙靠近我。

随着我们朝道路反方向行走，周围越来越暗，不一会儿便能看到森林的轮廓。眼下离红叶季节还早，雨中的森林显得十分阴森。身体感觉不到的微风，幽幽地撩动着脚边的野草，我们蓦地停下脚步。确切地说，是江野看到我止步，也跟着停了下来。

"你说，这世上真的有鬼吗？"我问道。

他神色淡漠地用余光看向我。

"有。至少镇上确实存在被称为鬼的东西。"

"如、如果真有，那可就伤脑筋了。"

"伤脑筋？"江野歪起头，"——不管怎么样，鬼魂已经存在于森林与小镇的界线上，成功地困扰了众多镇民。鬼既是守卫也是引路人。它具备能阻止他人涉足森林的恐怖感，也拥有能吸引诱饵进入森林的神秘感。总之，我们在这里淋雨也没用，还是继续往前走吧。"

江野指向森林的方向。当然，在我挪动之前，他始终站在原地。我小心翼翼——战战兢兢地迈出脚步。被小雨淋湿的头发黏在额头上。希望能在大雨来临前完成这次行动——

我们终于走进了森林。接下来是路灯照射不到的如同深海般的陆地。吱呀作响的枝叶不再遥远，此刻已在头顶俯瞰着我们。风和空气都已悄然变化。但另一方面，也可以不用再担心被雨淋湿。这里只能听到回荡的雨声。

"江野，在森林里会害怕吗？"

"身边有树好多了，但也不是完全不害怕。"江野说，"而且我没带手电筒，不能离开你身边。"

我们踩着湿漉漉的地面，往森林深处走去。

我用手电筒朝四周照了照，周围遍布着狰狞的树洞，仿佛一双双瞪视着我们的眼睛。当然，并没有见到幽灵的踪影。

"没有鬼呢？"

"暂时没出现吧。"

"会不会找不到回去的路了。"

我担忧地回头看了看。森林的入口已经消失在了黑暗中。

"又不是胡乱走。"江野从内侧口袋里掏出一个小型终端机，"这是卫星定位装置。"

"好厉害啊……居然还有这种东西。检阅官配备的机器都好高端啊。"

"这不算什么。"

我们并肩走在森林里，这次没有像之前那样起雾，但仍是一片漆黑，我们仿佛快要沉没在浓厚的黑暗中。若不是与江野同行，我怕是会被吓得六神无主。

江野的步伐有些笨拙，果然他不擅长在室外活动，尤其是在森林里。他拿着手杖，若姿势端正，这打扮一定会很绅士。但他此刻小心戒备的样子，相比绅士，倒更像个胆怯的小孩。江野没有挂着手杖，而且将它夹在腋下。

"'侦探'……真的是黑江队长吗？"我问道。

"你认为呢？黑江生前和死后的样子你都见过不少次吧？"

"我不知道。"想起那具无头尸，我的心情就无比沉重，"因为没有头，尸体看起来完全不像本人……"

"就算尸体不是黑江，那'侦探'从湖面消失也是不争的事实吧？这点你要怎么解释？"

"嗯……自警队里果然有黑江队长的同伙吗……"

"黑江有必要死吗？"

"什么意思？"

"黑江如果是凶手，那他等同于把自己从世上抹除了。他刻意搬来一具别人的尸体，伪装成自己，然后在湖上表演了一出戏码。他有必要这样大费周章，让大家看到自己死亡的场面吗？"

"可能是因为你们的调查快接近真相了吧？所以在成为嫌疑人之前，先让自己变成受害者。"

"嗯，就动机而言，确实想不到其他可能。倒不如说，这动机与无头尸十分贴合。可以说是'断头'的'戈捷特'持有者固有的杀人方式。"

"这么说，黑江队长果然……"

"真治和潮间是这么想的。但我可不会上当，那就是用来误导检阅官的诡计。"

"欸……？"

"凶手持有'断头'的'戈捷特'，所以将尸体掉包。这些都是凶手诱导我们做出的错误推测。实际上凶手另有其人。而且凶手杀害黑江，切下头颅，是他事先计划好的手段，为了引导我们得出黑江是凶手的错误结论。看来这位'侦探'十分擅长先发制人，将搜查人员引向错误方向。十字架图案的红色印记如此，船上的无头尸也是如此。"

"这么说，'侦探'和黑江不是同一人？"

"嗯。"

我们在森林里往前走着，江野时不时地停下脚步，用卫星定位装置确认方位。

"江野……你为什么要当检阅官？"

"不是因为我想当，反正等我意识到时，就已经是检阅官了。"

"这样啊。"

"像我们这种检阅官。"江野抬头看向我，"从小就被培养成'戈捷特'的专门检阅官，我们的脑袋里，几乎都是'推理'的相关信息。"

"原来是这样……"

"克里斯，你呢？"

"欸？"

"你为什么来到日本？"

"嗯……"不能什么都告诉他，不过……"我在英国的家沉没了……我无家可归，所以决定踏上旅程。日本和我父母有着很深的渊源……"

"你的'推理'知识是在英国学的？"

"我爸爸……时常会跟我讲这些。"

"你对'推理'有什么期待吗？"

"期待？"

期待吗？是啊，或许我对"推理"抱有某种期待，可究竟在期待什么呢？"推理"就是单纯的杀人故事，是本该被世界禁止的东西。暴力、犯罪、流血、杀人……为什么我对"推理"抱着近似憧憬的感情呢？我为何要追求"推理"？而且是已经丢失的"推理"……

"我见过各种与'推理'有关联的人，"江野背对着我，向前迈出脚步，"大部分都死得很惨。如果生活在没有'推理'的世界里，人们就不至于被残忍地杀害了。了解那个世界，意味着你也会被那个世界所了解。"

"嗯。"

"不要陷入太深了。"

"已经晚了……"

"也是啊。"江野停住脚步，回过头，"走吧。"

后来，我们在森林里行走了大约三十分钟。树根盘踞在地面，路面凹凸不平，我们跌跌撞撞地在森林中追寻着某个看不见的东西。

视野突然变得开阔，我们停住了脚步。

那里的树木全部被清除，形成一片类似广场的空地。静默的广场如同一处隐藏在森林深处的"圣域"，悄无声息地迎接我们的到来。这应该就是卫星照片上显示的类似农场的地方。雨势变大了起来，我吸了口气，朝"圣域"迈出脚步。黑夜里，或者天空中有个声音在对我说"别进去"。但我无法停下脚步。江野跟在我身后，因为这是一处开放空间，他没办法一个人行动。

里面有一块四方形的农地，种着一些叫不上名字的小树。我借助手电筒的灯光，观察起它们。

"种的好像不是蔬菜。"我说道，"该不会是大麻？"

"不是。"江野在我身边蹲下，摸了摸地面的叶子，"大麻不会长成这种树。"

"看上去只是普通的树……"

"没错，就是普通的树。这种树在山上随处可见。这种叫小构树，那种叫结香。"

看来不是在制作毒品或毒品原料。可为什么要在这种地方栽培？难道打算把果子当食物吗？

"克里斯。"

江野突然叫我，指向广场里侧的位置。

那里有栋铁皮屋顶的小屋。可它看起来面积不小，叫小屋似乎有点夸张。但外观十分粗陋，也不足以称之为住宅。它有个类似烟囱的突起，非要形容的话，倒像个工厂。逐渐增强的雨势，啪嗒啪嗒地敲击着铁皮屋顶。

"那是……"

"跟照片上的房子一样。"

"那就是消失的小屋？"

"不对，应该还有一栋。"江野向前迈出一步，"进去看看。"

我们的冒险终于渐入佳境。江野默不作声的样子、轰然的雨声以及耳边回响的剧烈心跳声，都让我有了切实的感觉。江野从走进小镇开始，就是为了寻找这处阴森的场所吧。如今总算找到了。我和江野一起向那栋铁皮小屋靠近。

入口处竖了一块三合板作为门。我用手电筒照了照，并没有什么特别之处。接着我们站到入口前，合力搬起那块三合板，挪到一边。

瞬间，一股诡异的恶臭将我们笼罩，那是种令人本能厌恶的、明显异常的味道——我实在受够了。如果没有江野在身旁，我一定立刻转身逃走。但眼下我不能离开江野身边。

我举起颤抖的手，将灯光射入屋内。

啊……

我的脑细胞一齐发出抗议。

那是常人无法接受的一幕。

连接两面墙壁的铁杆上，像晒衣服一样……随意地挂着许多肤色的物体……

而且还并排放着两个巨大的铁桶，里面堆放着暗红色的条状物体……

暴露在空气中的白色物体是……

这哪是什么"圣域"，简直是地狱！

江野独自一人走进屋内。

"江野，"我立刻追了上去，"这是……"

"无数的被害者。"

他的语调像往常一样平淡。

"这太诡异了！"

人体全被解体，

沸腾的锅，

不知是什么生物的皮晒在铁杆上……

这完全是一处屠宰场。到处放着我从未见过的木制水槽，以及类似织布机的工具，角落处有块揉成一团的破布，可能是用来擦拭血水的，已经染成暗红色。中间有张巨大的桌子，仿佛在宣告遗体就是在这里被肢解的一般，表面已被染成了黑色。铁桶里待煮的碎片，与某种液体混在一起，像是在烹煮某种世上最肮脏的食物。还有挂在铁棒上的皮。这是我有生以来初次见到这种光景。从形状可以判断出，那可能是人的一部分。这些、这些才是"推理"中杀人狂魔的恶行。我太天真了，原来真正的犯罪是此般情景。啊——完全无法理解。

雨时大时小，像波浪般敲击着屋顶。屋顶滴落的雨滴落入水坑，溅起水花。我站在门口，任凭水花溅湿脚下的鞋，呆呆地眺望着这副难以言喻的惨状。如果说凶手的动机是末日预言，那这副光景才是真正的末日。自己成就预言——这句话在我脑中回荡。

结果，"侦探"只是个狂魔。一个与逻辑、推理都无关的纯粹杀人魔，不是吗？

"江野，我们……我们回去吧。"我劝说道。

江野已经走到了屋子里侧，正欲打开墙边的柜子。

江野闻声回头。他从不会忤逆别人的话，朝我点点头，顺从地回到我身边。

这时，明明没有风，柜子的门却悄无声息地自动打开了。

当中有个偌大的黑影在蠕动。

那影子仿佛是个有意识的生命般。

很快，影子有了轮廓，随即化作实体，露出了真实样貌。

漆黑的着装，黑色面具。

"侦探"——！

"侦探"躲在里面。

江野背对着墙，毫无察觉。

"江野！"

我大叫的同时，黑影扬起粗壮的手臂，那只手中握着一把大斧，正对准江野的头，意欲将其砍成两半。

劈下的瞬间不消一秒。

只需一秒。

一秒即死。

我吓得慌了手脚，手上的手电筒不小心滑到地上。

江野要被杀了。

就在那一瞬间，凭肉眼无法捕捉的极短时间里，江野在光线中转身，用力挥动手杖。

下一秒，伴随巨大声响，黑影当场倒地。

我连忙拾起手电筒，照在四脚朝天的黑影上。

光芒映照出黑色的面具。

两个空洞的眼窝里……镶嵌着血丝满布的眼珠。

两只充满杀意的眼珠，转而看向江野。"侦探"手持着斧头，再次站起。他并没有丧失斗志，反倒更加狂躁起来。那双魔鬼般的眼睛直勾勾地盯着江野，"侦探"巨大的身躯，因为急促的呼吸而浑身颤抖。

相反，江野却如同一片波澜不惊的清泉，沉着冷静地摆好架势。江野轻轻挥动手杖，瘦小的身躯往后退了一步，接着单手敏捷地从胸前口袋里取出银边眼镜。这是我第一次看到他戴眼镜。

手持斧头的"侦探"与江野只间隔了几米。

"克里斯，把光持续对准对手。"江野说道。

光——是指我手中的手电筒。

这时，"侦探"挥动斧头，朝江野发起袭击。我用颤抖的手移动光源，追逐"侦探"狂躁的动作。

江野举起手杖，直接抵住对方的斧头。下个瞬间，手杖不可思议地挪动起来，缠住了斧头，接着将斧头从"侦探"手中掀飞。斧头从空中划过，撞到墙壁落下，并插在了地上。

失去斧头的"侦探"呆在原地。江野往前迈出一步，用最省力的动作挥动手杖，缠住"侦探"的脚，用力一甩，"侦探"再次摔倒。"侦探"的身体猛烈地撞到地上，江野再次上前一步，用手杖的尖端控制住"侦探"的手臂，扭转到背后固定。关节被极度扭曲的"侦探"发出呻吟，直接趴在了地上。

"你以为你杀得了我吗？"江野气息平稳地说道，"我的脑中刻入了三千种犯人的行动模式，你也不例外。"

"江野！你没事吧？"

"我没事。快把那边的绳子拿过来。"

江野指向桌面，切碎的肉片中混着一根细绳。我尽可能别开脸，拿起绳子，朝江野走去。

正当我要递给江野，我的脚突然被牢牢抓住。低头一看，"侦探"正紧紧地抓着我的脚。

"呀啊！"

他用力一扯，我整个人翻倒在地。

"克里斯！"

江野分神的瞬间，"侦探"如一头疯狼般嚎叫着站起。江野仿佛受到冲击，也跟着摔倒。

"快逃啊，克里斯！"

江野的声音催促着我站起，"侦探"交替扫视着我们，随即将目标转向我。我驱动着发抖的双腿，极力往后挪，接着跑了出去。但脚步声很快追上。不管是体格还是速度，我都远不及他。

我往外冲了出去，雨水打在我的脸上。耳鸣声夹杂着雨声，化作最刺耳的音乐。而且还混杂着我慌乱的脚步声，以及"侦探"狂想曲般的追赶声。

他就快追上我了。

才刚冒出这想法，我的后背就被人用力推了一把。

我的身体以惊人的势头砸在地上，整个人倒在草丛里，全身立马湿透。

我勉强撑起身子，回头一看，"侦探"正站在那里。

没有表情。

唯有无尽的黑暗……

"侦探"有了动作。

我要被杀了。

我闭上眼，向神明祈祷。

但死亡并没有降临。我听见"侦探"从身旁穿过的声音。我睁开眼，看向声音传来的方向，只见一个黑影消失在了森林里。

"克里斯，克里斯。"

江野站在小屋门口呼唤我的名字。从门口到我倒地的位置，只有几步的距离。本以为自己逃了很远，没想到才这几步。

江野不敢从门里走出来。我站起身，拍了拍湿透的衣服，回到江野身边。

"没事吧？"

"嗯……"

连我自己都不敢相信，我竟然活下来了。

"凶手不杀小孩，但检阅官似乎例外。"

"但是……听说坏孩子会被砍头……"

"你没被砍头，说明你不是坏孩子吧。"

"也不对啊……"

就算一开始就被砍头也毫不奇怪。因为我没有帮助过任何人，还害江野陷入危险中。

"江野你呢？没事吧？"

"我没事。"

江野将眼镜取下来，放回胸前口袋。

"江野，你刚才好厉害啊。那是福尔摩斯派的剑术吗？"

"不知道呢。"江野歪起头，"我只是根据对手的动作本能地做出反应。"

　　"不过，果然真正的侦探都擅长擒拿术。"

　　"我是检阅官，不是侦探。"

　　江野惊讶地看向我，不明白我为何如此兴奋。

　　对啊，现在可不是兴奋的时候。

　　"让'侦探'逃掉了呢。"

　　"完全没想到他会出现在这里。"

　　江野轻声嘀咕着，同时小心地举起右手。他的手背被划伤，正在流血，鲜血不断地从鲜红的伤口处渗出。

　　"你受伤了！"

　　"第一次挥过来的时候擦伤的。"

　　"啊，怎么办啊？一定很痛吧？你没事吧？把手举起来，不要乱动。"我放下背包，从里面取出纱布和绷带，"我马上帮你处理伤口，我还带了镇痛药，伤口痛不痛？"

　　"不用处理，没那么严重。"

　　"可是一直流血啊。"

　　我抓起江野细瘦的手，拉出纱布暂时压住伤口，等血止住后，再用绷带缠好。

　　"别动，快好了。"

　　"真是意外，明明事先确认过了，又被他抢先一步。"

　　"欸？"

我不太明白江野在说什么。不过，眼下应该优先处理伤口。

江野转动手腕，像是在检查绷带的包扎状况。

"我真是搞不懂，为什么要做如此残酷的事情……"我嘀咕道，"凶手到底在这间可怕的屋子里做什么啊？"

"这是'侦探'的希望庭园。虽然在我看来，完全是绝望庭园。"

江野从柜子里取出一个手提保险箱，上面挂着一把数字锁，似乎打不开。

"这是什么？"

"'侦探'的宝物。"

江野说完，再次从胸前口袋里取出眼镜戴上。

"四位数的密码锁……你知道密码吗？"

"不用密码。"

江野站起来，拿起手杖。他将手提保险箱放在地上，扬了扬手，示意我站远点。我绕到江野身后。

江野开始转动手杖手柄。手柄松开，手杖分成两半。留在江野右手上的手杖手柄，呈手枪状。

"这、这手杖竟然有机关。"

"克里斯，你最好离远点。"

江野握着手杖手柄，靠近手提保险箱。

"是枪吗？"

"在日本，手枪跟书本一样，是禁止携带的物品。克里斯，检阅官也不例外。"

"那这是？"

"喷烧器。"

分离的手杖手柄末端喷出蓝白色的火焰，如同一把没有实体的小刀。火焰刀一对准数字锁的金属部分，便会飞溅出激烈的火花。我下意识躲到江野身后。

不一会儿，密码锁被烧断。数字盘咔嚓一声掉落到地上。

江野打开手提保险箱。

里面塞满了用于保护重要物品的碎木屑。江野扒开木屑，往里摸索了一阵后，拿出了一把精致的匕首。刀身约十二厘米长，刀刃很厚，没有经过打磨。从表面雕刻的花纹来看，应该不具备普通匕首的功能。

"这是？"

"'戈捷特'。"

"啊！这就是？"

"刀柄不是镶了一颗红宝石吗？这就是'戈捷特'的本体。但不能把'戈捷特'从上面剥离下来。附在小道具上的'戈捷特'一旦剥离下来，会立刻失去透明度，内容也将无法读取。"

江野打量起宝石。

"没错，就是'断头'。"

第六章　真相

回到旅店后，江野跟着进了我的房间。我从浴室拿出毛巾递给他。我们已经被淋得浑身湿透。淋点雨对我来说不算什么。倒是江野，他平日都不敢外出，应该很少淋雨吧。他把湿透的外套随意丢在地上，露出里面的白衬衫，用毛巾开始擦拭头发。接着，他坐到床上，透过毛巾的缝隙仔细地打量起眼前的"戈捷特"。

　　"以前的人为什么要做这种东西？"

　　我提出了心中的疑惑。江野看向我。

　　"因为有留下来的意义。"

　　"留下来？"

　　"说来真是不可思议，人总爱在失去的东西中寻找价值，甚至有时会觉得很美好。对部分的人而言，'推理'中的精炼技术必须要保存下来。我无法理解这种心情。但如今这世上，又有多少人能理解呢？对'推理'爱好者来说，这块红宝石也不过是外表华丽的躯壳罢了。"

　　"可'侦探'在森林的小屋里，做出那种残忍的事情，他一定是受'戈捷特'影响，脑袋出问题了。那东西肯定有这种力量，它毕竟是暴力与杀人的结晶，'侦探'偷看了那种东西才会……"

"'戈捷特'不会改变人心，只是教会人怎么做而已。"

"'戈捷特''推理'什么的……都不应该留在这世上吗？"

如果没有那种东西，就不会有人受伤，也就没有人会惨死。"推理"的碎片"戈捷特"里储存了所有的杀人方法。正因为如此，检阅官们才要消灭它。这是极其正确的做法。留下"戈捷特"究竟有什么好处？

追求"推理"说不定会从旧时代的墓场里挖掘出血腥疯狂的犯罪。至今为止，这就是我一直在做的事情。

我只是因为被过去的种种所牵扰，才会想着去找寻"推理"。这就是我踏上旅程的目的。我已经在英国失去了一切，所以我需要一个目的，一个活下去的理由。我明明对"推理"一无所知，却还是执着地去追寻，因为我觉得，这是一件重要的事情。

难道我完全想错了吗？

我到底为何来到这里？

我又为何要寻找"推理"呢？

"你想不想看？"江野把"戈捷特"递给我，"我允许你看。"

"还是不看了吧……"

"没你想象的那么危险。"

"我这种普通人也可以看吗？"

"都说了没关系。"

江野将装饰精致的匕首粗鲁地朝我扔来，我连忙伸手接住。

它比我想象中要重得多，像寒冰一样，令人担心会不会一碰就坏。

"这么小的石头里，竟然能装下那么多资料。"

隔开刀刃与刀柄的金属部分镶嵌着一块红宝石，那应该不是单纯的宝石，而是类似玻璃的物质。

我往里看了看，当中有无数的微小文字。竖、横、斜、远、近、上下左右，总之，玻璃石里塞满了文字。在清澈透明的空间里，文字就像雪花般飘落。但是，就算把这些文字逐一整合起来，也无法立刻读懂其中的意思。当然，也可能跟我日语阅读能力差有关系吧。我数次倾斜宝石尝试观察，最终也只能读懂几个单词而已。只要稍稍改变一点角度，看到的文字内容就变得截然不同。

"这就是'戈捷特'啊。"我叹着气说道。

"在亲眼看到内容前，谁也无法判定它是不是'戈捷特'。就算看了，如果内容不一致，那就是假货。当然，假货也是重要的销毁对象。"

"销毁——意思是要烧掉？"

"当然。"

真可惜……

我没有说出口，只是在心中低语。我把匕首还给江野。

"即便如此，镇上发生的事情跟这东西有何联系？"

"一种单纯的渴望导致了此次事件。"

江野不时地擦拭头发，单手把玩着"戈捷特"。

窗外的雨仍在下着。

"人们犯罪的原因大致可以分为两种，缺失与过剩。缺失的东西会想方设法去补充，而一旦过剩就会露出破绽。这次事件的原因就是缺失。这个国家缺失，这座小镇缺失，以及凶手缺失的东西。从这个方向去想，就能慢慢接近真相。"

"缺失的东西？这太多了，完全没有头绪啊。"

我摇摇头，放弃思考。

"自己想想。"

江野以不知是轻蔑还是建议的语气，淡淡地说完这句话后，闭上了眼睛，专心地擦拭起头发。我什么也没想，只是呆呆地观察起他那毫无感情、冷漠孤高却让人莫名感到亲切的态度。

"想出来了没？"

"啊，那个……还没有。"

"看来还是需要我解释啊。"江野依旧坐在床上，倚着墙壁，"这个案件的本质可以归纳为一点，只要能注意到那点，基本就能解开所有谜团。想要快速抓住那个重点，最好的办法就是先解开'侦探'从四年前起就执着地四处留下红色印记的谜团。"

"在镇上四处留下红色印记的行为，真的存在某种意义吗？"

"应该有。"

"大家怎么都没想出来，你却早就看穿了？"

"当然。"

"如此想来，你之前也说过，红色印记其实是为了掩饰盗窃行为。"

"原来你还记得这句话，那就够了啊？"

"可两位检阅官非常肯定地说，没有东西被偷……不过，如果像他们说的，被偷的是一些连屋主都无法察觉到的小东西，那我怎么也不可能猜到啊。”

“失主没发现东西被偷——这个方向非常好，克里斯。”

“呃……”

“千万别忘了，留下红色印记本身就是一种行为。‘侦探’借此盗取目标物品。那你觉得留下红色印记的意义是什么？”

“不知道。”

“我们换个方向思考吧。‘侦探’想追求的是什么？”

“是什么呢？”

“是‘侦探’缺失的东西哦。”

“哦……”

“看来你一点都不明白。”江野以近似惊愕的声音说道，“你觉得书本消失意味着什么？”

“意味着‘推理’也将不复存在？”

“对，就是这个意思。但本质不在这里，而你就是把这点当成了本质。”

“不对吗？”

“你从缺失这个方向试着去想想，并且跟杀人案结合在一起。”

江野说完，伸了个懒腰，从床上起身，走到房间的角落处蹲下。接着闭上嘴巴，突然一动不动。雨势逐渐变小，雨水滴落的声音逐渐清晰，最后消失。我靠着江野对面的墙壁，坐在地上。

“克里斯——”

"什么事？"

"我可以在这里睡吗？"

江野把"戈捷特"放在腿上，揉了揉眼睛。

"可以啊。你不怕感冒吗？"

"不怕。"

"那'侦探'怎么办？不用管他吗？"

"剩下的事……明天再说……"

江野不知不觉地睡着了，看来是真的累了。他发出安稳的鼻息声，整个人缩成一团。看来就算心是机器做的，也需要睡觉。虽然在我看来，他并不像所谓的机器。

我开始担心起"侦探"。他曾在我屋外出现过。也就是说，"侦探"知道我住在这里，说不定他会一路跟着我们，再次来到这里。这次他肯定不会再默默离开了。

倘若"侦探"真来袭击我们，现在只有我能保护毫无防备的江野。

我坐在地上，仔细倾听周围的声音，神经变得紧绷起来。门窗都关紧了，但说不定"侦探"会打破玻璃窗闯进来。到时，我就扑过去保护江野。

天色逐渐转亮，每当睡意来袭，我就紧紧盯住江野熟睡的侧脸。我必须要保护，必须要保护江野。

我……

等我醒过来时，房间一片光亮。

我立刻跳起来，环顾四周。不见江野的踪影。他明明应该还在角落里熟睡，怎么突然就不见了。房间勉强可以看出有人待过的痕迹，床单乱糟糟的，毛巾被丢在地上，但就是没见到江野。

我战战兢兢地走到窗边，打开窗帘。没有任何异样。窗外，厚重的乌云被强风吹散，隐约能窥见云后的淡蓝色天空。雨已经停了，天空洒下柔和的阳光，如绸带般，落至地面。

"江野……去哪了……"

江野不见了。

难道是我做了一个奇怪的梦？

大脑还未清醒的我，回想起了昨晚的事。我和江野在森林里追踪"侦探"，之后被他逃走。以及，诡异小屋里的场景。那不是梦。既然如此，那江野到底去了哪里……

大厅那边有些嘈杂。我好奇地往那边走去。

大厅聚集了很多人。平日闲散的空间今日竟然如此热闹。大部分是熟悉的面孔。看来，与"侦探"案件有关联的人都到齐了。

我刚走进大厅，他们便暂停对话，齐刷刷地看向我。接着又了然无趣地别过头，继续之前的对话。

"嗨，克里斯。"

是桐井老师。他独自一人倚在窗边，脚边放着他的小提琴盒。他依旧额头微微冒着汗，脸色苍白，声音沙哑，看着令人心生怜悯。但他的表情并不暗淡。对于喜爱黑夜的桐井老师来说，清晨耀眼的阳光，或许如同残害身体的毒素。

"克里斯，早啊。"

尤里也在。他坐着轮椅，停在柜台旁。腿上盖着厚实的毛毯，穿着厚毛衣。与桐井老师相反，他的精神看起来很不错。

此外，大厅里还有朝木老板、厨师薙野大叔、自警队的新任队长要人，以及其他数名自警队员，前天晚上声称目击到女鬼的男人也在其中，另外还夹杂着几个陌生男子。

黑西装的检阅官也来了，他们态度傲慢地站在大厅中央。一头白发的真治先生像是在彰显政府官员的威严般，身姿挺拔地站在原地，与大厅的人群对峙。另一位墨镜检阅官潮间则将手背在身后，小范围地来回踱步。他的双腿好似一个圆规，转身时，还会描绘出弧形轨道。

一位穿着精致深绿色制服的少年，位于两名检阅官中间。

是江野。

太好了，他没事。我有股想冲到他身边的冲动，但理性告诉我，眼下的形势不容许我这么做。决不能在黑衣检阅官面前，做出可疑的举措，不能给江野添麻烦。

江野依旧单手拿着手杖，但没有拄在地上，而是夹在腋下。这是他惯有的持杖方式。那个皮箱则打开着，随意倒在脚边，里面的东西已经散落一地。江野肯定是像往常一样，为了寻找某样东西，直接把箱子里的物品全部倒了出来。简直一片狼藉。

我姑且走到桐井老师身旁。

"老师，到底怎么回事？"我悄声问道。

"我也是莫名其妙接到检阅官的传唤，一大早就到这里集合了。那个少年刚把皮箱里的东西倒出来，还没开始说话。不过，看样子检阅官终于要为这案子做个了结了。"

"做个了结——"

原来如此。

江野终于要解开小镇杀人案件的谜底了。

这时，潮间好像发现了我的存在，他推了推墨镜，看向我。

"哟，英国少年来了。"

潮间朝我投来"你的事我可全都知道了"的笑容。

我缩到桐井老师背后，避开他的视线。

"江野大人，请继续。"真治严肃说道。

江野轻轻点头。

"好，接下来——"江野往前迈出一步，"我们要对本镇发生的诸多事件进行审查，并将自称'侦探'的凶手从我们庇护的历史中删除。"

听众开始交头接耳。

江野面无表情地环视了一圈，接着转动了一下手杖。

他在等待大厅恢复安静。

"'侦探'就在你们中间。"江野宣告道。

"'侦探'……在我们中间？"

在场有人嘀咕道。大家面面相觑，默不作声地相互确认。不知是不是我的错觉，在场人的视线几乎都集中在我和桐井老师身上。

"我来说明吧。"说完，江野闭上眼睛。停顿了片刻后，继续开口，"'侦探'初次出现在镇上的时间大约是四年前。当时，几乎是同一时间，镇上有许多房屋被留下了红色十字架记号。当时有传言说红色印记是'侦探'留下的。事实上，也的确有镇民目击到一个身着黑衣，戴着黑色面具，自称'侦探'的人物，在门上留下红色印记的现场。自那以后，'侦探'持续在多家民宅的门上留下了相同的记号，没有人知晓他的目的。'侦探'留下的神秘印记，虽看似惊悚，但并没有什么实际危害。镇民们逐渐采取不干涉的态度。"

大厅里的人全神贯注地倾听着江野的话语。

江野的声音如同夜里的空气般冰冷。

"没有什么人能够阻止'侦探'的行为。于是，四年来，'侦探'孜孜不倦地再三潜入镇民家中，在六十余户民宅里留下了红色印记。这看似是一种疯狂，或者被某种疯狂想象所驱使的行为，但实际上具有严密的计划性。确切来说，'侦探'利用这种行为，成功地窃取了某件东西。但镇上没有人注意到这样东西被偷。连失主本人也宣称没有失窃。这怪异的矛盾是如何产生的呢？只要弄清这一点，就能发现这一连串事件的核心所在，也就是真相。"

东西被盗，但谁也没注意到——这才是最大的谜团吧。莫非被偷走的真的是一些连住户也难以察觉到的小东西？

"没有东西被偷。"要人突然插话，"抱歉，请允许我插句嘴。自警队调查了很多次，但被画有红色印记的房子，确实没有东西被偷。"

"我同意你的意见。"江野只是将头稍稍转向要人这边，"虽然被偷，但屋主并没有察觉到。实际调查也发现，确实没有东西失窃。"

"这种情况不可能发生吧。"

"所以，就像我之前说的那样。"潮间很得意地打断说，"那所谓的'侦探'根本就是个疯子，为了收集发夹、零钱之类的，才会从四年前开始四处留下红色印记。就像只筑巢的松鼠和水獭。"

"不，假设'侦探'真的对发夹有异样的执着，因而四处收集。可红色印记之谜依然没有解开。既然要偷屋主不容易注意到的东西，那他也没必要做出这种像是在通知别人有物品失窃的行为。"

"啊，有道理。"

潮间轻松地接受了江野的反对意见。

"留下红色印记的行为，到底有什么意义——我们需要从根本开始思考。"

"果然是为了让镇上的人知道'侦探'的存在吗？"要人说道。

"不对。"江野当即否定，"印记具有更实质性的意义。"

"什么……实质性的意义？"

"没必要想得太复杂，把红色印记当成是涂鸦就行了。如果被人用油漆在大门和室内墙上恶作剧似的乱涂乱画，大部分居民都会做一件事。"

"欸……什么事？"

要人露出困惑的表情。

"清除。"

"哦，你是说消除印记对吧。"

要人用力点头表示同意。

"这时候，家中被留有印记的居民大致有两种行动。一种是觉得毛骨悚然，于是索性搬家，让屋子空置。另一种是清除印记，继续住下去。印记用的是红漆，不易于清理。若要完全清除，门必须要重刷一次漆。墙壁的部分就得把壁纸全部揭下。清除油漆记号后继续住下去的镇民不在少数。"

"莫非——"

我以没人听得到的声音小声说道。

接着，脑中的迷雾顿时散开。

正如江野推理的那样，红色印记本身并没有任何意义。

留下印记后，人们的行为才是重点。

"留下印记的房屋只有一个共同点。看看这张卫星照片就知道了……"江野开始在散乱的物品周围走动，似乎是在混乱的现场中寻找卫星照片板，"看到就知道了……"

"江野大人，在这里。"

真治指着自己的脚边。卫星照片板正躺在那里。

"看到就会明白，红色印记主要集中在几个区域。这里有几栋老房子，与新兴的混凝土立方体状房屋格格不入。至于两者的差别，应该不难找出。很轻易就能看出'侦探'异常执着的东西。"

"我看不出来。"

要人无力地摇摇头。

"你自小在这个封闭的城镇上长大，不清楚也在情理之中。或许你从来就没有见识过它的样子。但你们确实见过，或者摸过它。但你们却视而不见，即便触摸到了，手指也没有意识。"

缺失。

无书本世界所缺失的东西。

啊……那是。

"请告诉我们，'侦探'的目的到底是什么？"要人焦急地问道。

"好吧，那我就快点宣布结论。"江野转身背对我们，走回原来的位置，"我一直觉得问题在于室内的印记。按理说留在门上就行，为什么要特意闯入室内留下印记？这样只会增加被目击的风险。这一切说明，这种行为对凶手来说，有十分重要的意义。好了，再回到原来的话题。为了消除室内的印记，只能揭下所有壁纸，那废弃的壁纸该如何处理呢？"

"已经不能用了，只能丢弃……"要人说道。

"没错，镇民们都是这么做的。"

丢掉壁纸。

然后——

"'侦探'赶在回收车来之前，将丢弃的壁纸捡走。"

"欸？"

"'侦探'偷的是壁纸啊。"

"为什么要偷壁纸……"

"壁纸只是替代品。它可以取代'侦探'的目标物品，而且是身边最容易得手的理想之物。也也就是说，'侦探'想要的是——"

焚书导致时代巨变，逐渐被世界驱逐的东西……

这个国家、这座小镇、"侦探"所缺失的东西……

"是纸。"

"纸是一种柔软的薄纤维质物体，据说从公元前开始就已经存在。从小在这个镇上长大的人恐怕都没见过纸吧。它在四千年前就已经存在。古埃及有一种被称为莎草的纸。小亚细亚在公元前十五世纪就制造出了羊皮纸。中国用布的纤维造纸是在公元前两世纪左右，我们所知道的用植物纤维造纸在那时已经基本成型。后来，在第二次世界大战结束，焚书时代开始之前，纸被广泛运用到各个领域。在那个时代，人们触摸雪白光亮的纸是再正常不过的事情。而纸主要用在艺术、媒体，或是部分建筑上——最主要的还是用来做书。"

我无法想象四周充斥着纸的时代。

纸的应用曾经被认为理所当然，但焚书行动结束了它被运用于媒体的时代。即便如此，造纸行业并没有灭绝，现在仍有地方在造纸。当然，没有人知道在哪里，为了谁而制纸。应该是主要面向执法者吧。

"现在，纸的生产力逐渐衰退，在物流不通的地方，很难入手。"江野说道。

都是因为江野他们四处焚书，纸才会消失。

但我并没有说出口，对江野说这些没有任何意义。我以为会有人出面指责江野他们，但大家都很平静地倾听着江野的说明。

"'侦探'很想要纸，可没有获取途径。因此，他将目标转向老旧房屋墙上的壁纸。从地图上的红点密集区可以判断，犯人瞄准的都是有贴壁纸习惯的旧宅。先前我也报告过，红点密集的地方，位于旧时代建造的老宅集中区。'侦探'趁屋主不在的时候，偷偷潜入屋内，迅速留下红色印记，然后不留痕迹地离开。整个过程不会耗费太多时间。这时候，'侦探'还没有偷走任何东西。很快，屋主发现了红色印记，并且断言说没有东西被偷。那是当然，因为偷窃还没有开始。但在此之后，屋主们却都成了犯人的帮凶。也就是说，他们将壁纸撕下，当成废弃物丢弃。红色印记算得上是'侦探'让屋主将他想要的宝贝主动送上门的魔法印记。如此一来，'侦探'便能在不被人察觉的情况下，顺利地偷出壁纸。"

"为什么要绕这么多弯子？如果想要壁纸，一开始直接偷走不就行了。"

"原因有两个。第一，偷壁纸耗时太长，但在四面墙上留下印记只需三分钟。撕下壁纸再带出去需要几倍的时间吧。犯人毕竟是趁人不在的时候闯入，当然是逗留时间越短越好。

第二，如果他像普通小偷一样，直接闯入镇民家中，将壁纸偷走，那很容易暴露犯罪意图。如果变成人尽皆知的盗窃案，会带来诸多的不便。居民们也会采取各种方式加以防范吧。万一运气不好，说不定屋主会事先销毁壁纸。'侦探'必须要在神不知鬼不觉的情况下得到壁纸。而红色印记就是为此谋划的诡计。通过留下红色印记，屋主会主动将目标物体丢到屋外，而且也不会有人认为这是盗窃案。他只要偷偷拾走垃圾堆里的壁纸即可。"

"原来如此……难怪你要我们去打听废弃物的回收时间。"真治以钦佩的语气说道。

"对镇上的人来说，纸是十分宝贵的物品。但没有人意识到，壁纸也是纸。这种意识的差异，让他们坚定地认为家里没有失窃。他们只是主动丢弃，并不会联想到盗窃。"

"壁纸——是用来代替'侦探'所需的纸吗？"

桐井老师首次向江野提问。

"与身边其他物品相比，壁纸与我们所知的纸最接近。'侦探'尽可能选择在贴有白色壁纸的房屋里留下红色印记，可能是因为白纸的用途较广。他在壁纸上留下红色印记时，尽可能避开了中间部分，只画在四个角落，这也是为了尽量增加可利用面积。"

我们生活在没有纸的世界里。

印刷品消失，代表着其承载物纸也要消失。

当然，纸的用途还有很多。但毕竟是不再使用的东西，也就不会大量生产。所以，纸逐渐从生活中消失，在这个封闭的小镇更是明显。

回想起来，我身边也很少能看到纸。住宿表用黑板代替，连地图都没有，可见纸张真的严重不足。学习也不用纸，只用黑板。这家旅店是原木风格，因此也不需要贴壁纸。新兴住宅区都是混凝土材质，更是不用壁纸。

"'侦探'所做的一切都是为了纸。另外，'侦探'为了最大限度地利用纸，设计了一些不可思议的现象，用纸的戏法愚弄那群从没见过纸的镇民。"

"这么说，我所看到的鬼也是……"目击到女鬼的男子大声说道。

"鬼——是纸做的。"江野维持挺拔的站姿，朝那个人瞥了一眼，"这镇上不仅存在'侦探'，还有鬼。但那不过是'侦探'预先准备好的纸道具。镇民和杀人事件的被害者所目击到的女鬼，都是他用纸剪成女人的外形。就像目击者描述的那样，留着长发，穿着裙子的女人。这是一种充分运用纸张特性的障眼法。纸本身轻薄，可塑性高，只要用线绑着就能在远处操作，使其像鬼一样飘动。'侦探'就是利用它来驱赶接近森林的人，或是将目标引进森林，使其迷路。"

"大家怎么可能轻易上这种东西的当？"桐井老师抱着手臂说道。

"这里的镇民不熟悉纸的特性，'侦探'就是利用了这点。而且，树木茂盛的森林、阴暗的街角都是鬼魂乍现的理想场地。为了让女子形状的纸片更具真实感，他还很仔细地描绘出了女人的相貌，将其做成接近真人尺寸的人偶，只是平面与立体的差别而已。真人尺寸的人偶躲在暗处，换谁都会觉得恐怖。同理，'侦探'制作的女鬼也发挥出了同样的效果。"

"那如何让她在眼前突然消失？"

"因为是纸做的，只要强风一吹，瞬间就会被刮跑——或者'侦探'在一旁用线操控，把它拉到树荫下折叠，或是卷起，都有可能。"

折叠的少女……

我想起了尤里向我讲述的故事，江野应该也意识到这点了吧。

"纸质女鬼在雨天很容易淋湿报废。所以'侦探'一定做了几个以备不时之需。之前镇上有孩子捡到一只纸女鬼，可能是被风吹跑的。那孩子年龄尚小，这是他初次接触并目睹到纸这种东西。所以，他无法理解纸上画的少女。那孩子把它当成真正的少女对待。由此可见，纸质女鬼画得十分逼真。但因为被雨淋湿，孩子捡到时，已经有几个地方出现破损。所以，孩子以为少女生病或受伤了。不久后，少女的样貌也开始变形、腐蚀。为了治好少女，孩子向'侦探'求助。"

"你说的是拓人……"尤里轻声嘀咕道。

"'侦探'给了孩子一个新的少女，把他赶回了家。"

"'侦探'就这样让他回家了？"要人露出吃惊的神情，"'侦探'不杀孩子的传闻是真的吗？"

"是真的，'侦探'不杀孩子。"

"如果是这样，那钏枝的事情怎么解释，他还那么年轻。"

"但他不是孩子，毕竟已经工作了。"

"他总跟我说些莫名其妙的话。您知道那个双眼受伤的女孩吗？她在森林里遇到了很多怪事。最后她的双眼被'侦探'弄瞎，在濒死的状态下逃出了森林。"

要人将女子诡异的遭遇，简单地向江野说明了一遍。这个故事潮间已向江野报告过，包括女子在森林里看到消失的小屋以及无头尸的事情。

"消失的小屋也没什么可疑的。如果小屋是纸做的，那就是一样的道理。"

"纸做的小屋？"

"有一种纸很厚，很结实，名叫瓦楞纸。这种厚纸板的背面贴着一层波浪状的薄纸，材质很轻，也很容易折叠。'侦探'应该是自己做的吧。用瓦楞纸做一栋小房子很简单，而且还可以快速地将小屋折叠起来，紧急时刻还能立马藏起来。说具体点就是，他在屋顶绑了根绳子，只要用力拉扯绳子，整个小屋就能折叠起来。绳子只要绑在附近的树上就行了。只要在树上用力拉动绳子，小屋就会立刻折叠，并升到树上。"

"就像收伞一样吗"要人说道。

"没错。如果能理解到这种程度，那消失就不是什么问题。在重力下生存的生物——当然人类也是——相比上升的物体，眼睛更习惯追逐下降的物体。人的目光追不上瞬间升到树上的小屋，所以，故事中的女孩逃出小屋，回头的瞬间，便以为小屋消失了。当时'侦探'就在附近，是他把小屋拉上去的。"

"但小屋里有具无头尸，唯独它还留在地上……"潮间提醒到。

"事先把地板抽掉就行，就像打开盖子一样。又或是尸体的重量让底部脱离了。"

"原来如此，有道理。"

"'侦探'制作那栋折叠小屋，是为了方便暂时放置尸体。拉上去折叠、藏在树里的设置，是考虑到身边没尸体，不需要用到小屋时，可以将其藏起而特意设计的。双眼受伤的女子只是碰巧撞见放置尸体的地方。"

"那，女子在森林里看到的森林尽头的墙呢？"

"那就是'侦探'偷来的壁纸。可能是洗干净后或者洗净前挂在晾晒架上，女子碰巧摸到，发现触感与屋里的墙壁相同，才会产生那种疑问。毕竟那就是室内的壁纸啊。"

红色印记之谜、森林出没的女鬼、消失的小屋、森林尽头的墙，全都与纸有关。

自称"侦探"的犯人究竟对纸有着怎样的执着？

不过，无头尸之谜还没有解开。"侦探"——凶手接连杀人，又将其头颅砍下，这当中究竟有什么意义？杀人与纸完全扯不上关系。

"接下来说明湖上的杀人案。"

江野自顾自地继续组织起话语。

"队长的案子……"

要人低声自语。虽然此外还有很多无头尸案，但江野似乎将焦点放在了黑江队长的案件上。

"'侦探'想利用这个事件，引诱我们偏离真相。但凭借那个冒牌'侦探'的本事，不可能骗得了我。这件事反而告诉了我凶手的真实面目。"

凶手——终于要指认凶手了。

这些人当中，究竟谁才是凶手呢？

解开我们目击到的湖上事件的谜团，就能引导我们找到犯人吗？犯人可是从湖面凭空消失了。

"我可是亲眼看到了——"朝木老板说道，"犯人突然从湖面消失，当时我们都在附近亲眼目睹。"

江野举起手制止朝木。

"按顺序来说明吧。案发当晚，凶手穿着一身黑衣，在预测'侦探'会出现，并提前埋伏的自警队面前现身。但在此之前，'侦探'已经在某个人面前出现过，就是那位英国人，克里斯提安纳。"

"欸？"

周围人齐刷刷地朝我投来狐疑的视线。我拼命地摇头。但那晚，"侦探"出现在我房间窗外是不争的事实。

"夜里，有个人敲击他房间的窗子，他醒过来，向窗外看了看，发现'侦探'就站在那里。接着'侦探'立刻逃走，没错吧？"

"是。"

我挺起胸膛回答道。突然感到有些尴尬。明明我和江野昨晚聊得很愉快。

"确实有这事，可他为什么要去克里斯的窗前……"桐井老师问道。

"因为这行为有着重要的意义，我待会儿再解释。接着，'侦探'出现在自警队面前。这时，克里斯提安纳也在现场，对吧？"

"对。"

"自警队追着'侦探'往森林方向赶去。但'侦探'已经不见踪影。这时候还能和黑江队长的对讲机联络，对吧？"

"对。"要人回答道。

"在进入森林前，音乐家桐井脱队了？"

"是的。"

"这时，朝木代替他上场，负责在森林里带路。"

"是的。"

"然后，你们目击了湖上的惨剧。"

"没错。"

众人目击到湖上的惨剧，然后凶手消失。

凶手是如何从湖面消失的？

"我想问问湖上杀人案的目击者，你们是什么时候发现'侦探'的？"

"一到湖边就看到了。当时有好多人都目击到了。"要人回答道。

"为什么会看见。"

"这个……当时湖面亮着模糊的灯光，所以才能看见。我们到达湖边时，'侦探'——凶手正坐在船上。"

"凶手采取了什么样的行动？"

"我们仔细观察发现，他正高举起类似斧头的凶器。就在我们远远观望、无计可施的时候，斧头一再挥下……"

"当时凶手是什么样子？"

"只能看到一个模糊的影子，看不清模样。他执着地不断挥动斧头。"

"动作呢？"

"动作？刚才不是说了吗？一直反复做挥斧头的动作。"

"然后呢？"

"灯光突然熄灭，船似乎有靠岸的迹象。我们赶到岸边，等着小船靠近。过了一会儿，载着队长的小船慢慢地漂过来……"

"然后？"

"那边那位克里斯少年直接游到小船边，在船上系好绳子，我们把船拉到了岸边。然后就看到了队长凄惨的尸体……"

"凶器是在船里找到的吗？"

"没错，是朝木先生发现的。"

"还有其他印象深刻的事情吗？"

"应该就是'侦探'消失这件事吧。"

经过后续调查，我们很确定没有人上岸。"侦探"不可能在湖上消失。这个案子江野真的能带我们找出凶手吗？

"前面的谈话中，只有一个疑点。那就是为什么'侦探'刻意在船上做出杀人的行为。"

"这当中有什么问题吗？"

"试想一下，船上是个极其不平衡的地点。对着躺在船底的被害者一再挥动斧头，直到将对方的头砍断……这可能吗？"

"这么说来，确实……"

"当然也可以认为，凶手可能是被逼无奈，所以才在船上砍下被害者的头。但不管怎么说，船上是最不适合砍头的地方。那么，湖上的无头尸究竟是怎么回事？要想弄清这一点，只需要稍微改变看法就行。"

"要怎么改变看法？"站在一旁的潮间饶有兴致地问道。

"黑江事先已经在其他地方遇害。"

"这怎么可能。我们可是在现场亲眼目睹了杀人的场面啊！"

"你们看到的只是影子。"

"但是……"

"被害者在自警队员到达前，就已经遇害了。他的头被砍下，身体放到船上。为避免太早被发现，引来麻烦。凶手先将船藏在了岩石后面。"

"可是对讲机的通信……"

"'侦探'偷走了黑江的对讲机，假借本人名义与你们联络。"

"可是，队长的对讲机是跟他的尸体一起被发现的啊。"

"那是'侦探'事先设好的计谋。这点稍后再做说明。"江野轻轻把玩着手杖，"'侦探'先把黑江叫出来，将其杀害，接着取走他的对讲机，伪造黑江还活着的假象。"

"那么，我们在湖上看到的杀人场景是怎么回事？"

听到我的提问，江野立刻转身，随即又装作不认识一样，回过头去说道："你们看到的不是真实的杀人场景，全都是假的。"

"假的？"

"船也不是真的。"

"那究竟是什么？"

"综合所有的内容，仔细想想就清楚了。"

"那是……"

"是纸船。"

江野的说话声在大厅中回荡。

纸船——

"人怎么可能坐在纸船上？"

"没有人坐在上面。"

"但我看到'侦探'在上面挥动斧头啊！"要人说道。

"刚才说了，那只是影子。"

"影子？"

"你们看到的杀人场景只是剪影戏。"

"剪影戏！"

"凶手在纸船上放了一个可以自动播放的剪影戏装置，也被称为走马灯。"江野沉着冷静地转动手杖，"现场有人知道走马灯是什么吗？有人把它比喻成人在临死前看到的记忆片段。走马灯由两层纸板构成。内侧放置一个筒状剪影纸板，在中央点燃一根蜡烛，热气引发的上升气流会使之旋转，这样就能在外侧的纸板上形成动态剪影戏。你们看到的景象，不过是放大很多倍的走马灯。模糊灯光就是走马灯里的烛光，至于凶手身影，不过是筒状纸板在外纸上形成的影子。也就是说——从一开始，湖面就没有人。只有纸船和走马灯。如果只是载着走马灯和蜡烛，纸船并不会沉没。当然，为了提高耐水性，纸船的底部应该涂了蜡。"

我们看到的是剪影戏吗？！

回想起来，"侦探"的动作确实很单调。他只是不断重复举起挥下的动作。只要反复展示几个简单的动作图案，看起来就能像真的一样吗？

我们到达湖边时，除了纸船外，载有真正的无头尸的小船也在湖上。当时"侦探"已经不在了，他的目的在于让我们把纸船误当成真船，制造出"侦探"从船上消失的假象。浓雾弥漫的湖面更是帮助凶手成功达成了他的诡计。

"但是……之后的调查中，并没有发现纸船。"

"既然是纸船，自然不会一直浮在水面上。凶手连纸船沉入水里的时间都算好了。"

"请等一下。"桐井老师罕见地插嘴说道，"说到时间，蜡烛也是个问题。点燃蜡烛后，能看见剪影戏的时间十分有限。如果凶手已经不在湖上，没办法控制蜡烛，要让蜡烛恰好在自警队赶到时亮起，未免也太难了吧？"

"没错。"江野表情不变继续说道，"要让湖上的诡计成立，必须要控制目击者的行动。"

"怎么做？"

"很简单，凶手只要把目击者带到湖边就行了。"

怎么可能……

"那个带路的人，原本是个不该出现在现场的人物。但为了消除这种违和感，他运用了某种手段。他利用了某个人。"

"怎么会……"

"克里斯提安纳。"江野只把眼睛转向我这边，"你目击了杀人现场，对吧？有没有想到什么？"

"我……我和桐井老师一起去了自警队集合的地方。"

"但音乐家桐井在前往森林的途中脱队了。"

"也就是说……"

"我不可能控制克里斯他们的行动。"桐井老师开口说道。

老师不是凶手。

"凶手必须要想办法把克里斯提安纳引到现场。因此，他采取的办法是去敲窗叫醒你。"

"那时候的'侦探'！"

"'侦探'断定克里斯提安纳一定会追上来，他似乎很了解克里斯提安纳的心性，可能曾经听到过他的谈话。总之，他必须要引诱克里斯提安纳前往自警队的集合点。但是，克里斯提安纳追到一半就放弃了。到此为止，一切都在凶手的预料中。只要再次到窗前叫醒克里斯提安纳就行了。但凶手当天很走运。音乐家桐井出现了，他完美地将克里斯提安纳引诱到了现场。"

"说得真难听……我不过是去克里斯的房间取我的小提琴时，碰巧得知自警队那边的动静不太寻常而已。"

"确实，但对凶手来说，这是一种幸运，克里斯提安纳依照计划来到了现场。"

"没错。"

"如果克里斯提安纳在现场，凶手就有正当的理由陪他去湖边。"

"正当的理由？"

"最正当的理由莫过于，把半夜溜出旅店的小孩带回去。"

当时说这句话的人……

江野用手杖指向一个人。

"'侦探'就是你——朝木。"

江野说出了凶手的名字，但现场没有一个人说话。

朝木老板怎么可能是"侦探"……

大家一时间还没反应过来，时间像是被冻结般，陷入僵持状态。但是，空气中逐渐升起一股紧张感。终于，时间再次极速流转，而推动时针的是笔直架着手杖的江野。

"自警队把带路的工作交给了朝木，时间全由他一手掌控。"

湖上的诡计需要精准地把控时间。为了控制时间，凶手必须要亲自到现场。为了实现这一点，他需要一个充分的理由。而为了制造出充分的理由，他利用了我。仔细想来，当时朝木老板出现得太过巧合。虽说是半夜特地跑出来找我，但这么快就能找到我们，未免运气也太好了。朝木老板一定是非常清楚自警队的动向，才能在森林的入口处恰好撞见我们。

"骗人……"尤里用虚弱的语气反驳道。

"你说……我是'侦探'？"

朝木倚坐在大厅旁的小圆椅上，粗壮的胳膊抱在胸前，一动也不动。

"我还有其他理由断定你是'侦探'。"江野维持用手杖指向朝木老板的姿势，朝他迈近一步，俯视着他。"船到达岸边时，跑在最前面的是你。你看似为了拾起作为凶器的斧头，其实是为了把黑江的对讲机放回原位。你偷偷使用对讲机，就是为了混淆黑江的死亡时间。除了你以外，没有人能把对讲机放回原位。"

"怎么可能……克里斯比我更先靠近那艘船吧？"

"欸？"

突然听到自己的名字，我吓了一跳。

但江野完全没有理会。

"真是荒谬的反驳，我没必要再跟你辩驳。"江野背对着朝木，耸了耸肩，"你早就看过'断头'的'戈捷特'了吧？你觉得那种简单的无头杀人手法，能骗过我的眼睛？"

"我什么都不知道！"

"爸爸……你真的是'侦探'吗？"

"尤里。"

"是你杀了队长？"

"我……我……"

"快说不是你啊！"尤里终于哭着喊道。

"朝木先生……你真的是……在镇上留下红色印记，杀人不眨眼的'侦探'吗？快说啊，是不是你？"

要人声音颤抖着逼问朝木。

朝木仿佛没有听见他说的话，摇摇晃晃地站起来，带着虚弱的表情向江野靠近一步。

"检阅官大人……你有证据证明我是'侦探'吗？"

"当然有证据。"

江野说完，也向朝木迈近一步，对他悄声说了什么。

朝木听完，顿时脸色煞白，他像浑身脱力般，往后退了几步，瘫坐在椅子上。江野转过身，缓缓离开朝木身旁。

真治与潮间连忙走到朝木老板两侧。他已经无处可逃了。

尤里嚎哭着转动轮椅离开了大厅。我犹豫着该不该追上去，可身体却不听使唤。我必须要见证朝木老板——"侦探"的结局，我必须要看清他的言行。

"你杀了多少人？"潮间用轻松的语调问道。

朝木老板没有马上回答，他朝周围的人环视了一圈。

"尤里不在了吧？——三十四个，比你们想象的少吧？"

"你是我至今遇到过的'戈捷特'持有者中，杀人第二多的。"真治说道。

"真可惜，没能得第一。"

"你真的……真的是'侦探'？"要人问道。

"没错，我就是'侦探'。你们……镇上的人都害怕的'侦探'。"

"你为什么要杀黑江队长？"

要人的表情变得严厉。

"为了给检阅官设置陷阱，不过好像失败了。黑江最近一直在追查'侦探'的事情。我的身份很快就要被曝光。所以我就杀了他，顺便把罪行栽赃到他身上。如果有人发现了'断头'的'戈捷特'，自然会想到尸体掉包的手法吧？那他们一定会推断黑江才是凶手。这样一来，他就会成为永远都不可能找到的替罪羔羊。因为，真正的黑江已经死了啊。我本打算来个将计就计……但检阅官似乎比我预想的更高明。"

"最近这段时间，'侦探'的活动变得频繁起来，也是因为你害怕黑江和我们会慢慢地查到你身上吧？"江野说道。

"我已经没有时间了。我经常……在跟时间做斗争。"

"黑江队长的无头尸案已经查明原因了……"桐井老师离开窗边，走进人群中，"但为什么要把镇民的尸体弄成无头尸呢？"

"你们没必要知道。"

"虽然我不想相信……但那也是为了纸吧？"

桐井老师话音刚落。朝木老板浑身颤抖起来，但并没有说话。

连无头尸也跟纸有关系？

"卫星照片拍到了'侦探'的农场与工厂。森林小屋附近，有块土地上种植了许多小构树与结香等可作为造纸原料的树木。"

江野背对着卫星照片板说道。从他的措辞可以听出，他没有泄露我和他曾经造访那处农场的事情。

"这些植物都是和纸的原料，你们应该不知道，纸张是由植物纤维制成的吧。一般来说，普通纸是将山毛榉与白杨树等树木的树干碾碎，调成浆制成。而和纸需要对小构树等树木进行蒸煮，制成原料。那栋外形像工厂的房子，恐怕就是用来放制造和纸工具的吧。他就是在那里秘密造纸。"

秘密造纸——

"侦探"不但偷纸、利用纸，还打算自己造纸。他对纸是有多么渴望。

但我立刻想起在工厂里见到的惨烈景象。那到底是怎么回事？把肉块丢进锅里烹煮——这总跟纸没什么关系吧。

"为什么要制造那么多无头尸呢？"我问江野。

"为了把人做成纸。"江野静静地回答道。

他的话宛如一节诗歌，但从当中听不出任何寓意，只剩令人头皮发麻的事实。

"把人……做成纸？"

"他肯定是想制造人皮纸。"江野淡淡地说道，"刚刚也说过，早在公元前就有人用动物皮做纸。在羊皮纸普及的时代，最高级的用纸是用出生不久的羊羔皮做的。像这样用人皮做纸简直闻所未闻，而且不一定行得通。不过，他——却真的做了。"

"就为了纸，不惜杀人砍头？……"

我们在那间小工厂看到的皮，是准备用来做纸的吗？

我顿时浑身失去血气。昨夜的记忆浮现至脑海。不管是多么可怕的战争，如何残酷的自然灾害，都不至于将人摧残到那种地步。

那是唯有人类才能想得到的惨状。

　　若是如此……那把尸体碾碎丢进锅里又有何意义？我再也不想回忆起工厂里那个装满碎块的锅。

　　"'侦探'对尸体的头不感兴趣。所以他只把没有用处的头部，丢到河里处理掉。实际上也有在下游发现头颅的案例。头没有利用价值，但躯体在剥了皮之后，却没有被丢进河里。也就是说躯体部分还有利用价值。"江野神色淡漠地说道，"至于无头尸体的用途——"

　　"我知道了……用来做施胶剂。"

　　桐井老师接过话茬。

　　"没错。为了让墨水固定在纸上，必须要在纸上涂一层施胶剂，防止晕开。因此中国在唐代时期就开发出了动物胶。也就是用动物的骨、皮、内脏熬制而成的液体，主要成分是明胶。十四世纪的欧洲也同样开发出了动物胶，他们用肢解的羊羔放进锅里熬煮，从中提取液体，整个过程有详细记载。'侦探'所追求的纸，只要最后涂上施胶剂就算完成了。"

　　"唔唔……"

　　我下意识地发出呻吟般的声音。

　　"'侦探'是想从人体中提取施胶剂吗？"

　　仅仅为了造纸，不惜动用如此残忍的手段……

　　"他想把人做成纸。恐怕全世界也只有他能想出如此惨无人道的方法。"江野侧眼看向朝木，"对他来说，尸体只有躯体部分存在利用价值。头颅等同于毫无用处的垃圾。皮可以用来代替纸，内脏和肉可以熬成施胶剂。在他眼里，人类不过是行走的纸。他为了造纸，才把镇民们做成无头尸。"

一切都是为了纸。

为了纸行窃，甚至杀人。

杀人事件——这就是"推理"。

这就是我喜爱的"推理"——

残忍地杀人，并加以利用。过分，太过分了。可我为何有一种无力感？犯下如此残忍的罪行，可世界依然没有任何改变。"侦探"绞尽脑汁犯下这些罪行，可最终得到了什么？不但一无所获，还毫无意义地剥夺了他人的性命。这些生命何等渺小，连我这个旁观者都感觉不到他们的价值和重量。啊！或许此刻在某个角落，一场洪水又轻易地夺走了数百人的性命。这种空虚感是怎么回事？我不同情凶手，一点也不。但想到他某天可能袭上心头的无力感，我的内心一阵空虚。

"侦探"唯一胜出的是，他的残忍远远凌驾于灾害造成的死亡之上。

何等地残酷。

多希望我也能像尤里一样，完全不懂"推理"……

"为什么你要把人体做成纸？"

面对江野的提问，朝木无力地垂下肩膀，摇摇头。

"你其实早就知道了吧？"

"是为了做书吧。"

"没错。"

原来是这样……

"书到底长什么样子？"要人问道。

"老百姓没必要知道。"

潮间严厉地呵斥道。但朝木回答了他的问题。

"书是用很多张纸重叠在一起做成的。通常是长方形，因为纸有厚度，书本整体形状有点像立方体。当然，大小和厚度也千差万别。做书需要大量的纸。"

"你为什么想做书？"江野再次问道。

"为了尤里。"

"我不懂。"

"因为尤里想读书！既然他想要，那我就给他做几本。他也就只有几年活头了。所以……我必须要快点准备好纸。可我哪里也买不到。我想卖了'戈捷特'换些钱，但根本没人买。无奈之下，我只好自己造纸。"

"所以就有了森林里的工厂。"

"为了造纸，我什么都愿意做。但说到杀人，我开始也犹豫过，也想过用动物来代替人。起初我想用羊……但这些动物也很难弄到手。所幸我还有'戈捷特'，还好没卖掉。我读了里面的内容，想到了用无头尸造纸的方法。"

"'戈捷特'里面可没有这种内容。"

"这叫创造力。你们这些检阅官怎么会懂。"

"你那么在乎纸，却为了完成自己的诡计，不惜用完就丢？"

"我没丢。那些都可以重复利用。沉到湖底的纸船，我本来打算回头捞上来。"

"最后还有一个问题。"江野问，"为什么要用'侦探'的名号？"

听到这个问题，朝木老板咧嘴笑了笑。

"——这名字很酷吧？在我心目中，'侦探'是英雄。所以，我起初也是一番好意，希望能让更多人知道'侦探'这个名字。在镇上四处留下红色印记，也是想给镇民们留个好印象，这样一来，偷壁纸也会变得更容易。但镇上没一个人了解'侦探'的事迹。大家缺乏共识……可以这么说吧。镇上那些家伙擅作主张，给'侦探'的名号抹黑，捏造一些可怕的谣言。他们的无知，逐渐摧毁了'侦探'的英雄形象……我再也当不了英雄……"

名为"侦探"的英雄。

早就不复存在。

朝木老板直到最后都坚持不杀小孩的立场，也是因为他自己有尤里这个孩子吧。不管面临怎样的状况，一旦杀了小孩，就背叛了自己想当英雄的初心。

或许，朝木老板只是想找回丢失之物而已。

但这座镇上的"侦探"，并非我所熟知的"侦探"。

"好了，站起来。"

潮间在旁催促朝木老板。

"薙野，"朝木老板扭头看向薙野大叔，"尤里就交给你了。"

"喂……开什么玩笑！你走了，我们怎么办啊？"

"拜托了。"

朝木老板说完，和两名检阅官一起往外走去。

"啊，对了。"朝木老板突然回头，"克里斯，昨天真是抱歉。我非常清楚你的事情，而且我也知道你想做什么。所以——千万别变成我。"

我没领会到他话里的含义。

朝木老板的眼神无比温柔。

我怎样都无法将昨晚那个可怕的漆黑面具下的双眼，与今天朝木老板的眼神联系在一起。或许是江野推理错了，真正的凶手另有其人？我所知道的"侦探"总是穿着一身黑衣，戴着黑色面具。从来没有人见过"侦探"褪去黑暗的那一瞬间。

"侦探"似乎还躲藏在森林深处。当然，眼前的朝木老板应该就是"侦探"。但是，"侦探"会不会作为孤独行走的暗黑者，继续活在这个镇里呢？

江野手持手杖，站在稍远的墙边。

他以无比冷漠的目光扫视着整个大厅。

背后传来啜泣声。

是尤里。他不知何时回到了这里。

"爸爸！我该怎么办？"尤里抽泣着说。

啊，这就是故事最终的景象。

"一定要回来啊！"

尤里悲痛的声音，仿佛来自遥远的远方。

仿佛来自遥远的过去……

遥远的大海彼岸……

我听到一阵杂音。

那是我心底响彻的深海杂音……

我呆呆地站在原地，无法动弹。

朝木老板没有回答。

"少年，"潮间轻轻调整了一下墨镜，走到尤里面前，"后面的事情就交给我们吧。"

"我不要！"

尤里转着轮椅想要逃离，但潮间抓住了轮椅的把手。

"杀人犯就是杀人犯。"

他自言自语般地说完，脸上露出邪笑。

尤里瞪圆双眼，全身僵硬。

"潮间，"真治催促起来，"赶紧一起上车，现在特别忙，可不是玩的时候。把凶手交给警察后，还得联系局里的同事，然后去森林一趟，明白了吧？"

"往森林丢个凝固汽油弹不就行了？"

潮间往上推了推墨镜，威风地走出了旅店。后面跟着真治和朝木老板。朝木老板经过玄关时，背微微弓着，那是我看到的他最后的身影。

尤里想追上前，但被薙野大叔阻止了。他的哭声震耳欲聋。薙野大叔推着尤里的轮椅，离开了大厅。

"克里斯。"一直沉默不语的桐井老师对我说道，"去看看尤里吧。"

"好。"

我点点头。

江野还在大厅里。但我决定先去尤里的房里。

"老师……这次的事件真是太出乎意料了。"

"不过，你平安比什么都重要。"

"老师，您还要继续留在这个镇上吗？"

"看心情吧。不过我比较担心你。接下来，你也要继续独自旅行吗？"

"事到如今，为什么要问我这个问题？"

"我总感觉，经过这次的事情，你会被巨大的命运潮流所吞没。你眼前横着一片巨大的黑影。那个影子在你的表情上形成复杂的阴影，相比几天前见到你的时候，你的容貌都不太一样了。唯独身高没有太大变化。"

"老师，您到底想说什么？"

"经常有人说我的预言很准，当然，我也是随便说说。接近死亡的人容易看见真实，你千万要小心啊，克里斯，你还这么小。"

"明白了。"

"千万不要做危险的事情。"

"嗯。"

"很好，真是个乖孩子。"桐井老师拍了拍我的肩，"你能跟尤里谈谈吗？"

"我正要去找他。"

"那我先就此别过了。有困难的时候，随时来找我。"

"老师，一直以来，谢谢您——再见，老师。"

"我们还会再见的。"

我和桐井老师道别后，朝尤里的房间走去。

薙野大叔站在走廊上，愁眉苦脸地抱着双臂，一副泫然欲泣的表情，与他的脸极不搭调。

"要我一个人经营这旅店倒没问题，可我担心尤里。"

"我可以跟尤里谈谈吗？"

"尤里很喜欢你，你去安慰一下他吧。"

我敲了敲门，走进尤里的房间。

尤里面对墙壁，拼命地擦着眼泪。我蹲在尤里身边，开始与他搭话。

"尤里——你之前说，有机会想看看书长什么样对吧？"

尤里诧异地看着我。他的脸无比通红，可能是擦了太多眼泪吧。

"爸爸想为我做书。"尤里声音颤抖着说道，"我这病撑不了多久了。他是因为心急，才会做出那种事——"

尤里泪眼婆娑。至今压抑已久的情感早已化作泪水。他不再擦拭掉下的眼泪，而是弯下瘦弱的身体，呜咽起来。

"五年前，妈妈在洪水中去世……自那以后，爸爸就像变了个人。他一定是在妈妈的遗物中发现了那把漂亮的匕首，那应该就是检阅官所说的'戈捷特'。那把匕首后来不知道去了哪里……爸爸对我越来越严厉。唯独有一次，爸爸问我有什么愿望。我说想要书，爸爸当时回了句'知道了'。因为我听说书里什么都有，只要看到书，就能随时见到妈妈，就算生病卧床，也不会感到痛苦……"

　　"尤里——"我轻轻地喊着他的名字，"总有一天，我会让你看到书的。"

　　"克里斯——"

　　"没事，别担心。我会用我的方式，让你有朝一日能得到书。"

　　"不行。万一连你也像爸爸那样……"

　　"不用担心，我就是为了这个，才来到了这里。这里是最后的土地。我要找回丢失的东西。我要让书再次回到我们的世界。"

　　"克里斯——我可以相信你吗？"

　　"嗯，等我哦。"

　　"我知道了。"尤里擦了擦眼泪，"我会等你的，克里斯。"

终奏　为了短暂的离别

回到大厅，刚才的喧闹仿佛从未发生过一般，整个空间一片死寂。自警队的要人和队员们都已经离开，镇上的居民也都各自散去。

唯独江野还站在窗边。

斜射进来的阳光，将江野的影子投在地上，形成一个凛冽、唯美的身影。

"江野，"我开口说道，"你不用跟他们一起回去吗？"

江野回头看了看我，点点头。

又只剩下我们两个。

"这就是'推理'的终点。"

"是啊，这就是终点。"江野将双手轻轻交叉在背后，小声说道，"顺便说下，我没有告诉他们你和我的关系。"

"嗯……"我突然想起刚才的事情，"对了，你真的掌握了朝木老板就是'侦探'的证据吗？"

"当然了。"江野若无其事地举起手杖，"他身上留有我手杖的痕迹。我当时就是这么跟他说的。昨晚的事情我没有告诉身边的人，所以我没有大声宣告。即便没有这个证据，只要去那间小屋搜查一番，必然能采集到足迹和指纹吧。"

"这样啊……"

"克里斯。"

见我陷入沉思，江野出声打断了我

"我希望你能告诉我你现在的想法。"

"江野……"我有些不知所措，"我现在脑子很乱，不知道怎么跟你说……我总觉得很不合理。当然，不是说犯人受到制裁不合理……也不是对你的办案能力感到不合理……而是对一种更大、更难以抗拒的东西……"称之为命运似乎有些笼统，概括为生死又太片面——"是一种预感我们会一无所获的不安。"

江野直视着我的眼睛，沉默不语。

过了一会儿，他眨了眨眼睛，像是恢复意识般，转了转脖子。

"不是很懂。"

说完这句话后，他开始收拾起散落在脚边的物品。

我蹲在他身边帮忙整理，将卫星照片板和其他不明用途的机器等，逐一放回箱中。

我稍稍朝他那边靠了靠，却发现他突然一动不动地盯着我。

"怎么了？"

"克里斯，你别动。"

江野突然凑到我眼前，冷不丁地抓起我的颈链，放到自己眼前。江野的头快要贴着我的眼睛，他像是在窥探我的内心般，仔细地打量着颈链。

"江野？"

“你果然……”

“怎么了？”

“你没注意到吗？”江野终于从我眼前抽离，“你的颈链——是‘戈捷特’。”

“什么！”

我的脑中一片空白，剧烈的冲击，使我忘了这镇上发生的一切。

我堂而皇之地把“戈捷特”暴露在检阅官面前。

“真的吗？”

“我好歹也是个检阅官。”

“怎么办……江野，我该怎么做？”

“就算你这么问我……我也不知如何回答啊？”江野罕见地露出为难的表情，“不管怎么样，先确认一下‘戈捷特’的内容吧。”

“嗯。”

江野再次观察起我的颈链。

“这是‘记述者’。”

我内心散落的碎片，此刻终于合为一体。

这就是我旅行的理由。

父亲留给我的东西。

种种怪异的事件。

以及“推理”。

我所应该做的，就是让“推理”存留下去——

真正的侦探此刻就在我眼前。

啊，神啊！

我终于在这个日渐沉沦的世界里，找到自己的使命了。

也许我能挽救即将丢失的东西。

"江野，"我坚定地说道，"我终于明白了！我要成为'推理'作家，这就是我来到这里的目的。"

江野那双独特的丹凤眼睁得浑圆，目不转睛地盯着我。

"你是认真的吗？"

"当然。"

"这样啊……"江野叹息般说，"那就是你要走的路吗？"

江野低下头，整理好皮箱，盖上盖子，将它提在手上站起身。

我也跟着站了起来。

他转了转手里的手杖，将其夹在腋下。

"再见，克里斯。"

"江野，这种时候，你会是什么心情？"

"没有什么心情。"江野轻轻摇头，"不过，或许以后我会懂。"

"一定会的。"

"人心是复杂的。我虽然不太懂你说的那些话，但可以作为参考。"江野用标准的姿势朝我敬了个礼，"那么，再见了。"

"我们还会再见吧？"

"克里斯——或许我们不应该再见。我们的关系已经不再寻常。我已经知道你是'戈捷特'的持有者，而你也知道我是检阅官。"

"如果你想抓我的话，那就来抓吧。如果有必要，你随时可以这么做——不过，江野——我希望今后，我们还可以是朋友。"

江野沉默不语。

"你不是一直很顺从吗？答应我！"

"克里斯，我好歹是隶属于内务省的检阅官。"

"我知道。江野，如果你没法来见我，我会偷偷地去见你的。"

江野背对着我，低下头。

"嗯……"

他轻轻点头。

接着，他像是突然想起什么似的，回过头。

"对了，有件事我想问你。"

"什么事？"

"海里是什么样——"

这时，外面传来检阅官呼叫江野的声音，看来到出发的时间了。

江野快步走到旅店正门口。

突然停下脚步。

然后，等到黑衣检阅官们到门口迎接后，才一同走向汽车。

对哦，他不能独自走到屋外——

"海里非常美丽哦！"

我朝着屋外大喊道。

我的声音，不知是否已经抵达。

解 读
DECIPHER

Why 侦探，Why 推理？

青　稞

推理小说中的"推理"二字来源于英文中的"Mystery"，而与神秘小说最大的不同则是，推理小说的解答一定要合理。也就是说，推理小说的解答一定是要能够用科学或者自洽的逻辑来解释的。

自爱伦·坡伊始，推理小说从一个很小的门类渐渐发展成一个包含众多分支的庞大体系，推理作为核心从未改变。而在推理这一核心的基础上，侦探产生了。可以说，在一本推理小说中，侦探往往掌握了一项最为重要的权利，那就是推理。侦探可以从纷繁复杂的线索中抽丝剥茧出最为关键的信息，从而推理出最终的真相。

推理小说中，侦探也是作家们极力刻画的人物对象，以福尔摩斯为首的众多名侦探往往会掩盖推理小说中其余所有出场人物的光芒。排除一切不可能的因素之后，剩下的就算再不可能，也必定是真相——当福尔摩斯说出这句话的时候，想必作为读者的我们都会为之倾倒吧。这就是侦探的魅力。

所以，我们很难想象一本小说中侦探成了人人喊打的杀人凶手，而推理则成了被完全抹杀的对象，这样的小说还能被称之为推理小说吗？很显然，本书的作者北山猛邦在这本《少年检阅官》中替我们给出了答案。

北山猛邦出生于日本岩手县盛冈市，中学三年级因接触到江户川乱步的长篇小说《吸血鬼》而对推理产生兴趣。高中时代加入网球部，当时经常阅读村上春树的作品。之后北山在大阪府大学就读，自称没有什么朋友的他经常在暑假将自己埋头于书堆中，并且从那时开始着迷于绫辻行人、麻耶雄嵩等人的新本格推理小说。而岛田庄司的《斜屋犯罪》更对其今后擅长物理性诡计的创作风格产生了直接影响。

2002 年，大学刚毕业的北山猛邦以《"钟城"杀人事件》获第二十四届梅菲斯特奖成功出道。之后创作的"城"系列（除《"钟城"杀人事件》外、还包括《"琉璃城"杀人事件》、《"爱丽丝·镜城"杀人事件》和《"断头台城"杀人事件》）更是将其"物理的北山"这一属性发挥到极致。"过，则无趣；欠，则无味。"这便是北山创作物理诡计的座右铭。

北山的大多数作品中都具有十分独特的世界观，往往充满了世纪末的景象。与同样善于设定系推理的山口雅也、麻耶雄嵩及西泽保彦等人不同，北山的特点在于有意断开异世界与推理的联系。虽然与同时期出道的佐藤友哉、西尾维新并称为脱格系本格推理作家，但二者初期风格委婉，且比较侧重于纯文学和轻小说，而北山则是偏好直接推理的新时代本格推理作家。

本作中，北山构建了一个海平面上升，世界绝大部分地区被淹没消失的末日世界。为了更好地进行思想管制及"断绝罪恶"，以推理小说为首的众多书籍被焚烧殆尽。"推理"在这个世界中成了一种禁忌，"侦探"更是从秩序的象征彻底走向了反面。在这样一个不懂"推理"的世界中，犯罪确实减少了，但总是有一些人从本应消失的"推理"中得到知识，偷偷地利用它达到自己的犯罪目的。

我们的主人公克里斯就来到了这样一个小镇，小镇中经常有人莫名其妙地消失，甚至出现了各种无头尸，还有到处出现的红漆十字架。而这一切，都被归咎于一个神秘人物——"侦探"。直到少年检阅官江野的出现，一切才开始出现了转机。在书中的世界体系中，检阅官的作用就是搜寻书籍并将其焚烧，而其中的精锐，便是专门调查"戈捷特"的少年检阅官。

"戈捷特"是记录各种"推理"元素的载体，得到"戈捷特"的人就能学习里面藏有的推理知识。在这个信息不对等的世界中，拥有"戈捷特"的人往往具有很大的破坏力。实际上，小镇上出现的各种犯罪，就是拥有"断头""戈捷特"的人犯下的。而最后的真相，其实也是少年检阅官江野利用"推理"得出的结论。

也就是说，本作中其实存在一个"侦探"，那就是江野。江野使用"推理"的手段去反击"推理"，这其实不就是另一种魔高一尺道高一丈的表达吗？所以说，消灭"推理"其实是一个伪命题。是人的理性让人对这个世界充满了好奇，从而想要继续探索这个世界，"推理"就是了解真相的一个手段。就像文中桐井老师所说的，"只有我们人类能创造出诗和音乐。为了保住这些快要失去的东西，必须要坚持传承。"只要人的理性存在，这种传承就在，"推理"就永远不会被磨灭。本作最后，克里斯带着属于他的"戈捷特"走上了成为"推理"作家的道路，也是预示着新的故事即将展开（详见续作《少女音乐盒》）。

北山猛邦在这本书中展现了他作为职业推理作家的高超技巧，物理诡计和世界观的巧妙结合更是让人叹为观止。跟随主人公的视角，故事的悬念层层叠加，充满奇幻色彩的末日小镇，频频出现的无头尸体，恐怖森林中的嗜血"侦探"，让读者的阅读观感直线上升。直到最后案件真相揭露的那一刻，不可思议的作案手法，匪夷所思的杀人动机，直接在读者脑中炸裂开来，推理小说的阅读快感在这里达到顶峰。

从《"钟城"杀人事件》开始，北山就一直在物理诡计和世界观设定两者之间寻求一种巧妙的平衡，"城"系列和"少年检阅官"系列便是这样的产物。北山曾经说过，作为推理小说作家，当然是希望自己的作品能标新立异一点。不仅是结尾，整个故事架构都要做到。因为有这样的想法，所以北山创作之前，一般会先想好诡计，列出需要的要素，然后再以此构筑世界观，把自己想写的东西写进去，可以说是一种"扭曲"的平衡。但只要有物理诡计，就能构成本格推理，就能留存于现实当中。

当然，除去物理诡计之外，北山也有很多其他的尝试，比如完全摒弃物理诡计，而只追求新颖世界观及离奇故事的《我们偷走星座的理由》和《千年图书馆》。毫无疑问，这两种写作方式下北山都取得了不小的成功。

正是因为这点，北山猛邦也是笔者最为喜欢的推理作家之一。北山的脑中总是跳跃着各种奇妙的点子，这些点子落实到纸面上，就形成了"城"系列中的各种物理诡计，其中也包含了笔者最为欣赏的建筑诡计。正如北山在一次采访中所说的，物理诡计只是推理小说的一种武器，只不过他恰好擅长这个罢了。除此之外，叙述性诡计也在北山的书中占有相当一部分比重，想必很多读者都对"城"系列中的叙诡印象颇深，甚至张口就能爆出很多"黑料"。再加上北山在多部作品中揭开案件真相后描述的雷人动机，也让很多读者对北山是又爱又"恨"。

不过，如果我们摒弃这些偏见，仅仅享受推理带来的纯粹快感，这本《少年检阅官》无疑给我们带来了一种全新的体验。当"侦探"与"推理"都已逝去，在这片荒芜的世界中，我们可以将自己化身为侦探，去推理出属于自己的真相。当然，我也相信作为"物理·悬疑·叙述"大师的北山会给我们带来更多更好的作品。

作者介绍：

青稞，90后推理作家，本格推理死忠，尤其偏爱物理诡计。代表作《钟塔杀人事件》、《日月星杀人事件》、《土楼杀人事件》（即将出版）、《溯洄》（即将出版）。

[日] 北山猛邦

少女音乐盒

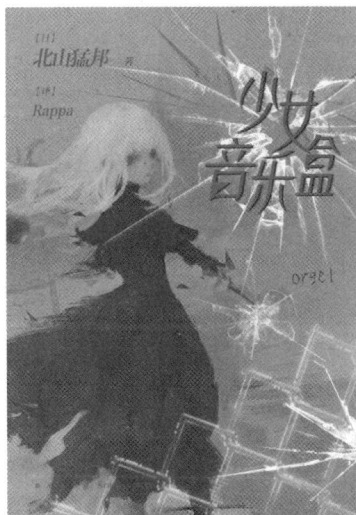

译者：
Rappa

这是个书籍被焚烧的时代。在旅行途中，英国少年克里斯遇到了一位被检阅官追捕的少女并结伴一起逃亡。在穷途末路之际，少年检阅官江野现身帮助他们脱离困境。三人为了洗刷少女嫌疑来到了一座与世隔绝的孤岛上。岛上接连发生多起不可能杀人事件，江野等人最终能否看穿凶手的诡计？备受期待的《少年检阅官》系列最新作。

第 13 届 梅菲斯特奖

[日] 殊能将之

剪刀男

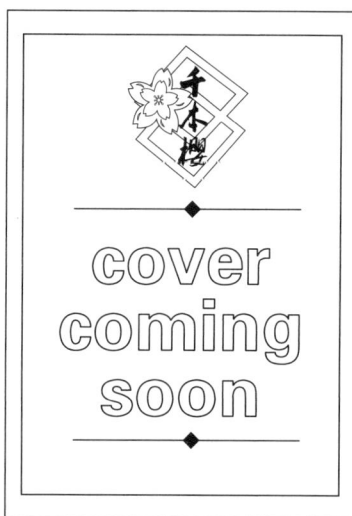

译者：
龚婉如

社会上最近发生了连续杀人事件，死者的咽喉处无一例外都被插上了一把剪刀，媒体报道中皆称之为"剪刀男"。当犯人"剪刀男"正打算第三次犯案时，却意外地成了案件的目击者。而且模仿杀人手段与自己别无二致。那人为何要模仿杀人？"剪刀男"着手展开调查，打算找出背后的真相。缜密大胆的长篇推理杰作再度来袭！

[日] 殊能将之

美浓牛

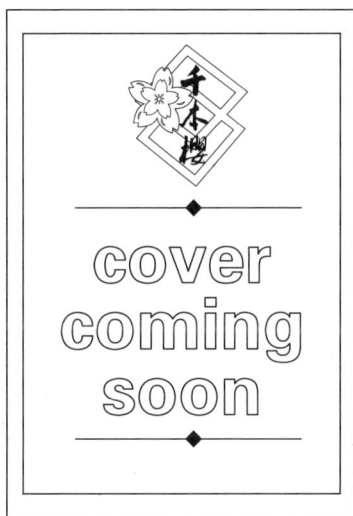

译者:
戴枫

岐阜县的暮枝村有个钟乳洞,传言洞里涌出了能治愈疾病的"奇迹之泉"。自由撰稿人天濑访问了当地,但泉水所在地遭到封禁,无法进入。另一方面,侦探石动戏作接受房地产公司的委托,前往村子推进度假地开发计划。可惜,事情进展不顺。就在石动打算回去的时候,泉水入口处的树上悬挂着无头尸体,接着又发生了第二期命案。村民间也流传起了当地童谣……

[日] 三津田信三

如幽女怨怼之物

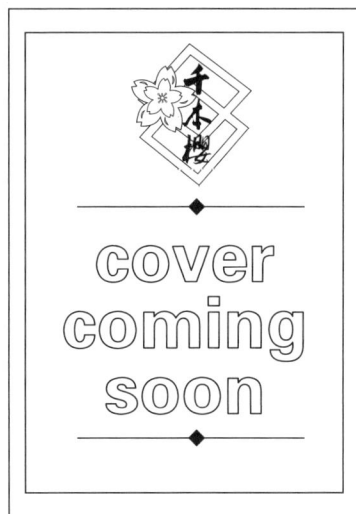

译者：
邵懿

　　十三岁的贫穷少女，为了偿还家中的债务，被卖到了花街沦为绯樱。置身于地狱般苦痛的她，只能书写日记聊以解忧。她在日记中记录下了"金瓶梅楼"发生的三起怪死案件，迷雾重重。然而每一起案件都离不开传说中的"幽女"。时间流转，青楼易主改名《梅游记》和《梅园楼》，在这两个时期同样发生了怪异的连续死亡案件。幽女现在依然徘徊在青楼之中……

第 72 届 本格推理大奖候补

[日] 三津田信三

如潺灵供祭之物

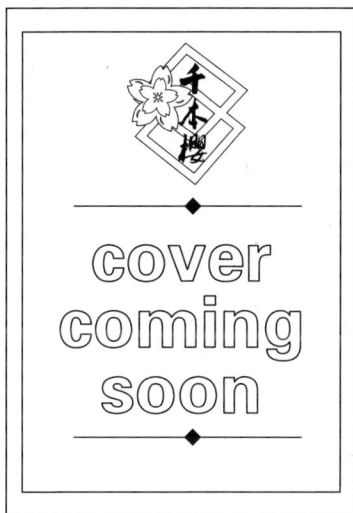

cover coming soon

译者:
胡环

大海与断崖环绕的犿幽村流传着四则怪谈。刀城言耶与祖父江偲听后决定前往取材。随后,一如往常地发生了不可思议的连续杀人事件。而且每一起案件都与当地流传的怪谈一样。刀城言耶在探访中还发现,村子里的人似乎还藏着什么秘密。随着调查的深入,对于怪谈的恐惧越来越深。潺灵大神似乎在注视着一切……

SHONEN KENETSUKAN
Copyright © Takekuni Kitayama 2013
Chinese translation rights in simplified characters arranged with TOKYO SOGENSHA CO.,LTD.
through Japan UNI Agency,Inc.,Tokyo
著作版权合同登记号：01-2019-7171

图书在版编目（CIP）数据

少年检阅官 /（日）北山猛邦著；青青译 . -- 北京：新星出版社，2020.4
ISBN 978-7-5133-3907-0

Ⅰ . ①少… Ⅱ . ①北… ②青… Ⅲ . ①推理小说 - 日本 - 现代 Ⅳ . ① I313.45

中国版本图书馆 CIP 数据核字 (2019) 第 298324 号

少年检阅官

[日]北山猛邦　著
　　　青青　译

策划编辑： 张录宁
责任编辑： 汪　欣
插图绘制： 光风院
责任印制： 李珊珊 荆永华

出版发行： 新星出版社
出 版 人： 马汝军
社　　址： 北京市西城区车公庄大街丙 3 号楼　100044
网　　址： www.newstarpress.com
电　　话： 010－88310888
传　　真： 010－65270449
法律顾问： 北京市岳成律师事务所

读者服务： 010－88310811　service@newstarpress.com
邮购地址： 北京市西城区车公庄大街丙 3 号楼　100044

印　　刷： 北京盛通印刷股份有限公司
开　　本： 880mm×1230mm 1/32
印　　张： 10
字　　数： 204 千字
版　　次： 2020 年 4 月第一版 2020 年 4 月第一次印刷
书　　号： ISBN 978-7-5133-3907-0
定　　价： 48.00 元